KB187668

이방인

박시운

파리 상트르세브르 대학과 파리 10대학에서 철학을 공부하며, 엠마뉘엘 레비나스의 철학
에 대한 연구로 석사학위를 마쳤다. 장편소설 《소멸하는 순간》, 여행 에세이 《카페 드 파
리》를 출간했으며, 《뤼팽》, 《레 미제라블》, 《열린 마음》 등을 번역했다.

이방인

초판 1쇄 인쇄 | 2014년 10월 5일
초판 1쇄 발행 | 2014년 10월 7일

지은이 | 알베르 카뮈
옮긴이 | 박시운
펴낸이 | 김형호
펴낸곳 | 아름다운날
출판 등록 | 1999년 11월 22일
주소 | (121-837) 서울시 마포구 서교동 351-10 동보빌딩 103호
전화 | 02) 3142-8420
팩스 | 02) 3143-4154
E-메일 | arumbook@hanmail.net
ISBN 978-89-93876-56-7 (03840)

이 도서의 국립중앙도서관 출판예정도서목록(CIP)은 서지정보유통지원시스템 홈페이지(http://seoji.
nl.go.kr)와 국가자료공동목록시스템(http://www.nl.go.kr/kolisnet)에서 이용하실 수 있습니다.(CIP제어
번호 : CIP2014026759)

이방인

알베르 카뮈 지음 | 박시운 옮김

아름다운날

■ 이 책의 번역 원서로는 Albert Camus, *L'Etranger*(Éditions Gallimard, 1942)를 사용했다.

차례

1부

I

오늘, 엄마가 죽었다. 아니 어제였는지도 모르겠다. 양로원에서 전보 한 통을 받았다. 〈어머니 돌아가심. 내일 장례식. 삼가 조의를 표함〉. 이건 아무 의미도 없다. 아마도 어제였던 것 같다.

양로원은 알제에서 80킬로미터 떨어진 마랑고에 있다. 2시 버스를 타면 오후 중에 도착할 것이다. 그러면 거기서 밤을 새울 수 있고 내일 저녁에 돌아올 것이다. 나는 사장에게 이틀의 휴가를 신청했는데, 그로서도 내게 변명 같은 것을 늘어놓으며 휴가를 거절할 수가 없었다. 하지만 그는 내심 기분이 안 좋아 보였다. 나는 그에게 이런 말도 했다. "그건 제 잘못이 아닙니다." 그는 아무 대꾸도 하지 않았다. 그래서 나는 그런 말은 하지 않았어야 했다는 생각이 들었다. 요컨대, 나는 변명할 필요가 없었던 것이다. 오히려 그가 나에게 조의를 표했어야 했다. 하지만 모레, 내가 상장을 단 것을 보게 되면 분명 그렇게 할 것이다. 지금으로서는, 마치 엄마가 죽지 않은 것만 같다. 그러나 장례식이 끝나고 나면, 그때는 기정사실이 될 것이고, 모든 게 좀 더 공식적인 모습을 갖추게 될 것이다.

나는 2시 버스를 탔다. 날씨가 무척 더웠다. 여느 때처럼 나는 셀레스트네 레스토랑에서 점심을 먹었다. 그곳 사람들 모두 나에게 깊은 유감을 표했으며, 셀레스트가 내게 말했다. "누구에게나 어머니는 한 분밖에 없지." 내가 레스토랑을 나올 때 모두들 함께 문까지 배웅해주었다. 난 좀 정신이 없었다. 엠마뉘엘에게 들러 검은 넥타이와 완장을 빌려야 했기 때문이다. 그는 몇 달 전에 삼촌을 잃었다.

나는 버스를 놓치지 않으려고 달려갔다. 깜박 잠이 들었는데, 아마도 서두르고, 달리고, 차가 덜컹거린 데다, 기름 냄새가 나고, 도로와 하늘에서 햇빛이 반사되는 등 그 모든 것 때문이었을 것이다. 나는 가는 내내 거의 잠을 잤다. 깨어났을 땐 어떤 군인의 어깨에 기대어 있었는데, 그는 나를 보고 웃으며 멀리서 왔느냐고 물었다. 나는 더 이상 말할 필요가 없도록 그냥 '네' 하고 대답했다.

양로원은 마을에서 2킬로미터 떨어져 있다. 나는 걸어서 갔다. 난 곧바로 엄마를 보고 싶었다. 그러나 수위는 내게 우선 원장을 만나야 한다고 했다. 그는 업무 중이었으므로 나는 잠시 기다렸다. 그동안 수위는 계속 말을 했고, 얼마 후 나는 원장을 만났다. 그는 사무실로 나를 맞아들였다. 키가 작은 노인이었는데, 레종 도뇌르 훈장을 달고 있었다. 그는 맑은 눈빛으로 나를 쳐다보았다. 그리고는 내 손을 잡았는데, 어찌나 오래 붙잡고 있는지, 어떻게 빼내야 할지 알 수 없었다. 노인은 서류를 살펴본 다음 내게 말했다. "뫼르소 부인은 삼 년 전에 이곳에 들어오셨어요. 당신이 그분의 유일한 부양자였군요." 나는 그가 뭔가 나를 책망하고 있다는 생각이 들어 그에게 설명하기 시작했다. 그러나 그는 내 말을 가로막았다. "젊은이, 굳이 증명하지 않아도 돼요. 내가 당신 어머니의 서류를 읽어 봤어요. 당신은 어머니를 돌볼 수 없었더군요. 어머니는 간병인이 필요했는데, 당신의 월급은 충분치 못했지요. 그래서 결국, 어머니는 여기서 지내신 게 더 행복했습니다." 내가 말했다. "그렇습니다, 원장님." 그가 덧붙여 말했다. "아시겠지만, 그분에게는 같은 연배의 친구들이 계셨어요. 그들과 함께 옛날 이야기를 나눌 수 있었지요. 당신은 젊어서, 함께 살기는 좀 쓸쓸하셨을 겁니다." 그가 덧붙여 말했다.

그건 사실이었다. 엄마는 집에 있을 때면 언제나 말도 없이 나를 쳐다보기만 하면서 시간을 보내곤 했다. 그녀는 양로원에 들어간 후 처음 며칠 동안은 자주 울었다. 그러나 그건 습관 때문이었다. 몇 달 후에 양로원에서 나오게 했다면, 그때도 엄마는 울었을 것이다. 역시 습관 때문이다. 마지막 해에 내가 양로원에 거의 가지 않았던 건 그런 이유도 조금은 있다. 그리고 또 일요일이 온통 날아가기 때문이기도 했다. 버스 정류장에 가서 표를 사고 두 시간씩이나 차를 타고 가야 하는 수고는 차치하고라도 말이다.

원장이 내게 또다시 말을 했다. 그러나 나는 그의 말을 거의 듣지 않았다. 이어서 그가 말했다. "어머니를 보시고 싶을 것 같은데요." 내가 아무 말도 하지 않고 일어나자 그는 앞장서 문으로 갔다. 계단에서 그가 설명했다. "어머니를 이곳 작은 빈소로 옮겨 놓았어요. 다른 사람들을 놀라지 않게 하려고요. 한 사람이 죽을 때마다 이삼 일 동안은 다른 재원자들의 신경이 날카로워지거든요. 그러면 일이 어려워지니까요."

우리는 안뜰을 가로질러 갔는데, 그곳에선 많은 노인들이 몇 명씩 모여 소곤거리고 있었다. 그들은 우리가 지나갈 땐 입을 다물고 있다가 지나가고 나자 다시 말하기 시작했다. 마치 앵무새들이 귀 따갑게 재잘거리는 소리 같았다. 작은 건물의 문 앞까지 가서 원장이 내게 말했다. "뫼르소 씨, 난 이만 가보겠습니다. 사무실에 있을 테니 필요하면 언제든지 오세요. 원칙적으로, 장례식은 아침 열 시로 정해져 있습니다. 우리는 당신이 이렇게 고인 곁에서 밤샘을 하실 수 있을 거라고 생각했어요. 하나만 더 말씀드리면, 당신 어머니는 종교 의식으로 장례가 치러지면 좋겠다고 친구들에게 자주 얘기하셨던 것 같습니다. 필요한 건 내가 다 갖춰 놓는데, 다만 그렇다는 걸 알려드리고 싶어서요." 나는 그에게 감사하다고 했다. 엄마는 무신론자는 아니었지만, 생전에 종교에 대해서는 전혀 생각하지 않았다.

나는 건물 안으로 들어갔다. 흰 석회 벽에 큰 유리창이 달린 아주 밝은 방이었다. 방 안엔 의자들과 X자 형태의 받침대들이 갖춰져 있었다. 방 한가운데, 두 개의 받침대 위에 뚜껑 덮인 관이 하나 놓여 있었다. 호두 기름이 칠해진 관 위에 대충 박혀 있는 나사못만이 반짝거리고 있는 게 보였다. 관 옆에는 흰 가운을 입고 강렬한 색깔의 스카프를 머리에 쓴 아랍인 간호사 한 명이 있었다.

그때, 수위가 내 뒤에서 바로 들어왔다. 뛰어온 것 같았다. 그는 좀 더듬거리며 말했다. "입관을 했습니다만 어머니를 보실 수 있도록 관의 못을 빼드릴 수는 있습니다." 그가 관 옆으로 다가가자 나는 그를 중지시켰다. 그가 말했다. "안 보고 싶으세요?" 나는 "네." 하고 대답했다. 그는 아무 말도 하지 않았다. 그 말을 하지 말았어야 했다는 생각이 들어 나는 마음이 불편했다. 잠시 후, 그가 나를 쳐다보며 물었다. "왜죠?" 비난하려는 게 아니라 단지 알고 싶은 것 같았다. "모르겠어요." 하고 내가 말했다. 그러자 그는 흰 콧수염을 배배 꼬면서, 나를 쳐다보지도 않고 말했다. "이해합니다." 그는 밝은 푸른색의 아름다운 눈에, 얼굴빛은 약간 붉은색을 띠고 있었다. 그는 내게 의자를 권한 다음 내 뒤에 약간 떨어져 앉았다. 간호사가 일어나 출구 쪽으로 걸어갔다. 그때, 수위가 내게 말했다. "종양이 나서 그래요." 나는 무슨 말인지를 몰라 그 간호사를 쳐다보았다. 그녀는 눈 밑에 붕대를 하고 있었는데 머리 뒤로 둘러져 감겨 있었다. 붕대가 코 높이만큼 두꺼웠기 때문에 얼굴이 편편해 보였다. 그녀의 얼굴은 온통 하얀 붕대로 감싸여 있었다.

간호사가 나가자 수위가 말했다. "혼자 계시도록 저도 가보겠습니다." 내가 어떤 태도를 취했는지는 모르지만, 그는 가지 않고, 내 뒤에 그대로 서 있었다. 그가 내 등 뒤에 서 있다는 게 나는 불편했다. 방 안엔 저녁 무렵의 아름다운 빛이 가득차 있었다. 말벌 두 마리가 큰 유리창에 부딪히며 붕붕 소리를 냈다. 졸음이 덮쳐왔다. 나는 수위에게 얼굴도 돌리지 않고 말했다. "여기 계신 지 오래되셨나요?" "오 년이오." 그는 즉각 대답했다. 마치 오래전부터 내가 물어봐주길 기다렸다는 듯이.

그러고 나서 그는 수다스럽게 말을 늘어놓았다. 만일 누가 그에게 마랑고 양로원의 수위로 생을 마칠 거라고 말한다면 그는 무척 놀랄 것이다. 그는 예순네 살이며 파리에서 태어났다고 했다. 그때, 내가 그의 말을 가로막았다. "아, 여기 분이 아니셨군요?" 곧 나는 그가 나를 원장실로 안내하기 전에 엄마에 대해 말했던 것이 기억났다. 그는 서둘러 엄마를 묻어야 한다고 말했는데, 특히 이 지방의 평지는 날씨가 덥기 때문이라고 했다. 그러면서 그는 파리에서 살았으며, 파리를 잊기가 힘들었다는 것도 내게 알려주었다. 파리에서는 때로 3, 4일씩 시체를 내버려두기도 한다고 했다. 여기서는 그럴 시간이 없고, 생각할 여유도 없이 영구차 뒤를 따라가야만 한다는 것이었다. 그때 그의 부인이 말했다. "그만해, 그런 건 이분한테 얘기할 것들이 아니잖아." 영감은 얼굴을 붉히며 미안하다고 했다. 내가 그들 사이에 끼어들어 말했다. "아니에요. 괜찮습니다." 나는 수위의 말이 옳고 흥미롭다고 생각했다.

작은 빈소 안에서, 수위는 자기가 극빈자로서 이 양로원에 들어오게 되었다는 얘기를 들려주었다. 그는 자신이 건강하다고 느꼈기 때문에 수위 자리를 지원했다고 했다. 결국은 당신도 양로원의 재원자가 아니냐고 내가 지적했더니, 그는 아니라고 했다. 그가 재원자들에 대해서 말할 때 '그들' '다른 사람들' 또 가끔은 '늙은이들'이라고 습관적으로 얘기하는 걸 들으면서 나는 놀랐었다. 재원자들 중 몇 명은 수위보다 나이가 많지 않았다. 물론 그건 같은 게 아니었다. 그는 수위였으므로 어느 정도는 재원자들에 대해 권한을 갖고 있었다.

그때 간호사가 들어왔다. 날이 갑자기 저물더니 큰 유리창 위로 금방 어둠이 짙게 내려앉았다. 수위가 스위치를 올리자 갑자기 불빛이 튀는 바람에 아무것도 보이지 않았다. 그는 내게 구내식당에 가서 저녁식사를 하라고 권했다. 그러나 나는 배가 고프지 않았다. 그러자 그는 내게 카페올레 한 잔을 가져다주겠다고 했다. 나는 카페올레를 아주 좋아했기 때문에 마시겠다고 했더니, 잠시 후 그가 쟁반에 커피를 담아 가지고 돌아왔다. 나는 카페올레를 마셨다. 그러고 나자 담배가 피우고 싶어졌다. 그러나 엄마 앞에서 담배를 피워도 될지 알 수가 없어 잠시 망설였다. 그리고 곰곰이 생각해보니, 그런 건 전혀 중요하지가 않았다. 나는 수위에게도 담배를 권하고, 우리는 함께 피웠다.

수위가 말했다. "아시겠지만, 어머님의 친구 분들께서도 밤을 새우러 오실 겁니다. 관습이니까요. 나는 의자와 커피를 가져와야겠습니다." 나는 그에게 전등 하나를 끌 수 있느냐고 물었다. 하얀 벽에 반사되는 강렬한 불빛 때문에 피곤했던 것이다. 그는 그럴 수 없다고 했다. 전등 설비 자체가 다 켜든지 아니면 다 끄든지 그렇게 돼 있다는 것이었다. 나는 그에게 더 이상 신경 쓰지 않았다. 그는 나갔다가 다시 돌아와 의자들을 배치했다. 의자 하나 위에다 커피포트를 올려놓고 그 주위로 찻잔들을 쌓아놓았다. 그런 다음 내 맞은편, 즉 엄마 건너편에 앉았다. 간호사도 방 안쪽에 등을 지고 앉아 있었다. 그녀가 무엇을 하고 있는지는 보이지 않았다. 그러나 그녀의 팔 움직임으로 보아 뜨개질을 하고 있다는 것을 알 수 있었다. 날씨는 온화했고, 커피를 마셨더니 몸도 훈훈해졌다. 열린 문으로 밤공기와 꽃향기가 흘러들어왔다. 내가 반쯤 잠이 들었던 것 같다.

뭔가 스치는 소리에 나는 잠에서 깨어났다. 눈을 감고 있었기 때문에, 방 안의 흰색이 훨씬 더 눈부시게 보였다. 내 앞에는 그림자 하나 없었으며, 물체 하나하나의 모서리들과 모든 곡선들이 눈이 아플 정도로 선명하게 드러났다. 바로 그때 엄마의 친구들이 안으로 들어왔다. 그들은 모두 10여 명쯤이었는데, 눈부신 불빛 속으로 조용히 미끄러지듯 들어왔다. 그들은 의자 끄는 소리조차 내지 않고 가만히 앉았다. 나는 이제껏 사람을 한 번도 본 적이 없었던 것처럼 그들을 바라보았는데, 얼굴과 옷차림의 세세한 부분까지도 놓치지 않았다. 그런데 그들이 전혀 말을 하지 않아 실제로 존재하는 사람들인지 믿기가 어려웠다. 여자들은 거의 모두 앞치마를 두르고 있었는데, 끈이 허리를 졸라매고 있어 불룩 나온 배가 더 튀어나와 보였다. 나는 늙은 여자들의 배가 어느 정도까지 나올 수 있는지 그때까지 한 번도 생각하지 못했었다. 남자들은 대부분 아주 말랐으며, 지팡이를 짚고 있었다. 그들의 얼굴을 보고 내가 놀랐던 건, 눈은 보이지도 않고, 주름투성이 한가운데로 생기 없는 희미한 빛만이 보였다는 것이다. 그들은 자리에 앉아 거의 모두가 나를 쳐다보았으며, 이도 없는 입속으로 입술이 말려들어간 채 어색하게 머리를 흔들어댔다. 나는 그들이 나에게 인사를 하는 것인지, 그냥 안면 경련으로 그러는 것인지 알 수가 없었다. 아마도 인사를 한 것으로 생각된다. 그제야 나는 그들 모두가 수위 주위에, 나를 마주 보고 앉아 고개를 끄덕이고 있다는 걸 알아차렸다. 순간 나는 그들이 나를 심판하기 위해 여기에 와 있다는 어처구니없는 느낌이 들었다.

곧 한 여자가 울기 시작했다. 그녀는 두 번째 줄에 앉아 있었기 때문에 동료들 중 한 사람에 가려 잘 보이지 않았다. 그녀는 규칙적으로 작은 소리를 내며 울었는데, 언제까지나 멈추지 않을 것만 같았다. 다른 사람들은 그녀가 우는 소리를 듣지 못한 것 같았다. 그들은 모두 기운 없고 침울하며 아무 말도 없이 앉아 있었다. 모두들 관이나 자신들의 지팡이, 또는 무언가를 쳐다보고 있었는데, 오로지 그것에만 시선을 두고 있었다. 여자는 계속해서 울고 있었다. 내가 그녀를 모르고 있어서 나는 몹시 당황스러웠다. 나는 그 울음소리를 더 이상 듣고 싶지 않았다. 하지만 차마 그런 말을 그녀에게 하지는 못했다. 수위가 그녀에게 몸을 기울여 뭐라고 말을 했지만, 그녀는 고개를 저으며 몇 마디 중얼거리더니 다시 규칙적인 소리를 내면서 계속 울어댔다. 그러자 수위가 내 옆으로 와서 앉았다. 한참 후 그는 나에게 고개를 돌리지 않고 일러주었다. "저 부인은 당신 어머님과 매우 가까운 사이였어요. 어머니가 이곳에서 자기의 유일한 친구였는데, 이제는 혼자가 되었다고 하더군요."

우리는 한동안 그렇게 앉아 있었다. 그녀의 한숨 소리와 흐느낌 소리도 차츰 잦아들었다. 그녀는 코를 몹시도 훌쩍거리더니 마침내 울음을 그쳤다. 나는 더 이상 졸리지는 않았지만,

피곤하고 허리가 아팠다. 그 순간 내가 힘들었던 것은 거기 있는 모든 사람들의 침묵이었다. 다만 이따금 이상한 소리가 들렸는데, 그게 무슨 소리인지 알 수가 없었다. 한참 후, 난 그게 늙은이들 가운데 몇몇이 볼 안쪽을 빨며 혀 차는 소리처럼 이상한 소리를 내는 것이란 걸 알아차렸다. 그들은 생각에 깊이 잠겨 있었기 때문에 자신들이 그런 소리를 내고 있다는 것도 깨닫지 못하고 있었다. 나는 그들 한가운데 누워 있는 이 죽은 여인도 그들에게는 아무런 의미도 없는 것 같은 느낌조차 들었다. 하지만 잘못된 느낌이었다는 걸 지금은 알고 있다.

우리는 모두 수위가 따라준 커피를 마셨다. 그다음엔 무슨 일이 있었는지 모르겠다. 밤이 지나갔다. 한순간 눈을 떴을 때 노인들이 모두 서로에게 기대어 누르며 잠들어 있었던 걸 본 기억이 나는데, 그중 한 노인만이 지팡이를 쥔 두 손등에 턱을 괸 채 내가 깨어나기를 기다리고 있었던 듯 나를 뚫어지게 바라보고 있었다. 그리고 나는 다시 잠이 들었다. 그러나 허리가 더 심하게 아파오는 바람에 잠에서 깨어났다. 큰 유리창 위로 아침 햇살이 미끄러지듯 스며들었다. 잠시 후, 노인 한 사람이 깨어나 기침을 심하게 했다. 그는 줄무늬가 있는 큰 손수건에 가

래침을 뱉었는데, 뱉을 때마다 뿌리째 뽑히는 소리가 났다. 그 때문에 다른 사람들이 깨어났고, 수위가 그들에게 이제 가야 할 시간이라고 말했다. 그들은 자리에서 일어났다. 불편한 자세로 밤을 새운 바람에 그들의 얼굴은 잿빛이 되어 있었다. 그들은 방을 나가면서, 너무 놀랍게도, 모두 내게 악수를 청했다. 서로 말 한 마디도 주고받지 않았던 그 밤이 우리들 사이에 친밀감을 두텁게 해준 듯싶었다.

나는 피곤했다. 수위가 나를 자기 방으로 안내해줘서 간단한 세수를 할 수 있었다. 나는 카페올레를 더 마셨는데 무척 맛이 좋았다. 밖으로 나왔을 때는 날이 완전히 밝아 있었다. 마랑고와 바다 사이에 펼쳐진 언덕들 위로 하늘은 온통 붉은 빛을 띠고 있었다. 언덕 위로 불어오는 바람이 이곳까지 소금 냄새를 몰고 왔다. 멋진 하루가 시작되고 있었다. 난 시골에 와본 지 오래되어서, 만약 엄마 일만 없었다면 산책을 하면서 얼마나 즐거웠을까 하는 생각이 들었다.

나는 마당의 플라타너스 나무 아래서 기다렸다. 신선한 대지의 냄새를 들이마시자 졸음은 더 이상 오지 않았다. 회사 동료들 생각이 났다. 출근하기 위해 그들도 일어날 시간이었다. 내게는 이때가 항상 제일 힘든 시간이었다. 다시금 그런 일들에 대해 좀 생각해보고 있었는데, 건물 안에서 울리는 종소리 때문에 생각이 흐트러졌다. 창문 뒤쪽에서 소란스런 소리가 들리다가 이내 조용해졌다. 태양이 좀 더 높이 솟아올라 내 발을 따뜻하게 덥히기 시작했다. 수위가 마당을 건너와서는 원장이 나를 찾는다고 했다. 나는 그의 사무실로 갔다. 그는 내게 몇 장의 서류에 사인을 하게 했다. 가만 보니 그는 줄무늬 바지에 검은색 옷차림을 하고 있었다. 그는 전화기를 손에 들고 내게 물었다. "장의사 사람들이 좀 전에 왔습니다. 그들에게 관을 봉하러 오라고 부탁할 건데, 그 전에 마지막으로 어머니를 보시겠습니까?" 나는 아니라고 말했다. 그는 낮은 목소리로 전화기에 대고 지시했다. "피자크, 그 사람들한테 진행해도 된다고 말하게."

그런 다음 원장은 자신도 장례식에 참석할 거라고 내게 말했고, 나는 그에게 감사하다고 했다. 그는 책상 뒤쪽에 앉아 짧은 다리를 꼬고 있었다. 그는 담당 간호사 외엔 자신과 나 두 사람만 참석하게 될 거라고 알려주었다. 원래 다른 재원자들은 장례식에 참석할 수 없다는 것이었다. 그는 그들에게 단지 밤샘만 하도록 했다. "그게 인간적인 일이니까요." 그가 강조해 말했다. 그러나 엄마의 오랜 친구인 '토마 페레' 만은 운구 행렬을 따라가도록 허락했다고 했다. 그러면서 원장은 웃으며 말했다. "이해하시겠지만, 이건 좀 유치한 감정인데, 그와 당신 어머니는 서로 거의 떨어져 있지 않았어요. 양로원에서 사람들이 그들을 놀리느라, 페레에게 '당신 약혼자군요.' 하고 말하곤 했죠. 그는 웃었어요. 두 분은 그런 농담을 듣고 즐거워 했습니다. 그리고 사실 그는 뫼르소 부인의 죽음에 몹시 힘들어 하고 있습니다. 그를 장례식에 오지 못하게 하는 건 생각할 수도 없었지요. 그러나 왕진 의사의 권고에 따라서, 어제 밤샘을 하겠다는 건 내가 말렸어요."

우리는 한동안 아무 말도 없이 앉아 있었다. 원장이 일어나 사무실 창밖을 쳐다보았다. 잠시 후, 그가 자세히 보더니 말했다. "마랑고 주임 신부님이 벌써 오시네요. 일찍 오셨군." 그는 내게 바로 그 마을에 있는 성당까지 가려면 적어도 45분은 걸어야 할 거라고 미리 알려주었다. 우리는 아래로 내려갔다. 건물 앞에는 주임 신부와 복사 아이 두 명이 서 있었다. 복사 아이 한 명이 향로를 들고 있었는데, 신부가 은줄의 길이를 조절하려고 아이에게로 허리를 구부리고 있었다. 우리가 다가가자 신부가 허리를 펴고 일어났다. 그는 나를 '형제님'(mon fils는 '나의 아들'이라는 뜻과, 가톨릭에서 신부가 신도들에게 부르는 호칭으로 '형제님'이라는 뜻이 있다. ―역자 주)이라고 부르며 몇 마디를 했다. 그러고는 안으로 들어갔다. 나도 그를 뒤따라 들어갔다.

방으로 들어서자 바로, 나사못이 조여져 있는 관과 검은색 옷을 입은 네 명의 남자가 보였다. 원장이 내게 길에서 영구차가 기다리고 있다고 말하는 소리와 신부가 기도를 시작하는 소리가 동시에 들렸다. 그때부터는 모든 일이 재빨리 진행되었다. 남자들은 덮개 천을 들고 관으로 다가갔다. 신부와 그를 뒤따르는 복사들과 원장 그리고 나는 밖으로 나왔다. 문 앞에 내가 모르는 부인 한 사람이 서 있었다. "뫼르소 씨입니다." 원장이 말했다. 나는 그 부인의 이름은 듣지 못했지만 그녀가 담당 간호사라는 것만 이해했다. 그녀는 미소조차 없이 앙상하게 마르고 긴 얼굴을 살짝 숙여 보였다. 곧이어 우리는 시신이 지나갈 수 있도록 나란히 비켜섰다. 그리고 운구를 뒤따라 양로원 밖으로 나왔다. 문 앞에 영구차가 있었다. 영구차는 니스 칠이 되어 번쩍거리는 길쭉한 모양이었는데, 펜통을 연상시켰다. 영구차 옆에는 장례식 진행자가 서 있었는데, 그는 우스 꽝스런 옷차림을 하고 키가 자그마했다. 그리고 노인 한 명도 있었는데 행색이 몹시 부자연스러웠다. 나는 그가 페레 씨라는 것을 알아차렸다. 그는 챙이 넓고 정수리 부분이 둥그런 펠트 모자에(그는 관이 문을 통과해 나갈 때 모자를 벗었다), 바지가 구두 위로 늘어져 주글주글한 양복을 입고 있었으며, 큰 칼라가 달린 흰색 셔츠에 어울리지 않게 작은 검정색 넥타이를 매고 있었다. 그의 입술은 주근깨투성이 코 아래서 떨리고 있었다. 그리고 가느다란 흰 머리칼 아래로, 귓바퀴가 너무 말려 있어 흔들거리며 야릇하게 생긴 귀가 늘어져 있었다. 얼굴은 창백한데 귀가 붉은 핏빛을 띠고 있어서 눈길을 끌었다. 장례식 진행자가 우리에게 자리를 지정해 주었다. 주임 신부가 맨 앞에서 걸어가고, 그다음은 영구차, 영구차 둘레로 네 명의 남자가 자리를 잡고, 그 뒤로 원장과 나, 그리고 담당 간호사와 페레 씨는 맨 뒤에서 걸어갔다.

하늘엔 벌써 해가 쨍쨍했다. 햇볕이 대지 위로 뜨겁게 내리쬐기 시작했으며, 기온이 급속히 올라가고 있었다. 왠지는 모르지만 행렬을 시작하기 전에 우리는 한참이나 기다렸었다.

나는 짙은 색 옷을 입고 있어서 더웠다. 모자를 다시 쓰고 있던 그 키 작은 노인은 또다시 모자를 벗어 들었다. 내가 고개를 조금 돌려 그를 쳐다보자 원장이 내게 그 노인에 대한 얘기를 해주었다. 어머니와 페레 씨는 저녁에 자주, 간호사 한 명을 동반하고 마을까지 산책을 하러 갔었다는 것이다. 나는 주위의 들판을 바라보았다. 하늘에 닿을 듯 언덕에 줄지어 늘어선 사이프러스 나무들의 윤곽들, 적갈색과 초록색의 대지, 그림 같은 집들이 드문드문 있는 풍경을 바라보며 나는 엄마를 이해했다. 이 지방의 저녁 무렵은 서글픈 휴식 시간과도 같았을 것이다. 오늘, 쏟아져 내리는 햇빛 속에서 어른거리는 풍경은 무정하고 나른해 보였다.

우리는 걷기 시작했다. 그제야 나는 페레가 다리를 조금 절고 있다는 사실을 알았다. 영구차가 점점 속도를 내자 노인은 뒤처져버렸다. 영구차 옆에서 걷던 남자 한 명도 역시 뒤처져 이제는 나와 같은 속도로 걷고 있었다. 나는 해가 그렇게 빨리 솟아오르는 것을 보고 놀랐다. 들판에서는 이미 한참 전부터 벌레들 소리와 풀들이 부딪치는 소리로 붕붕거리고 있었다. 땀이 뺨 위로 흘러내렸다. 나는 모자가 없었으므로 손수건으로 부채질을 했다. 그때 장의사가 내게 뭐라고 말을 했는데 들리지 않았다. 그는 오른손으로 모자 차양을 들어 올리고는 왼손에 들고 있던 손수건으로 이마의 땀을 닦아내고 있었다. 내가 그에게 물었다. "뭐라고요?" 그는 하늘을 가리키며 되풀이했다. "끔찍이도 덥군요." 나는 "네." 하고 말했다. 조금 뒤, 그가 물었다. "저분이 당신 어머니세요?" 나는 또다시 "네." 하고 말했다. "연로하셨나요?" 나는 엄마의 정확한 나이를 몰랐기 때문에, "그렇죠." 하고 대답했다. 이후로 그는 입을 다물었다. 뒤를 돌아보았더니 페레 영감이 50미터쯤 뒤에서 따라오고 있었다. 그는 모자를 손에 들고 흔들어대며 서둘러 오고 있었다. 나는 원장도 쳐다보았다. 그는 불필요한 동작은 하지 않고 아주 점잖게 걷고 있었다. 이마에 땀방울이 맺혀 있었지만, 그는 닦지 않았다.

행렬의 속도가 좀 더 빨라진 것 같았다. 주위엔 넘치는 햇빛으로 눈부신 들판이 계속 펼쳐져 있었다. 하늘에서 쏟아져 내리는 햇빛은 견디기 힘들 정도였다. 어느 순간, 우리는 최근에 다시 공사된 도로 한 부분으로 지나가게 되었다. 아스팔트가 뜨거운 햇볕에 녹아 갈라져 있었다. 발이 그곳으로 빠져들며 번쩍거리는 아스팔트의 액질이 드러나버렸다. 영구차 위로 보이는 마부의 가죽 모자가 마치 이 검은 진창으로 빚어진 것처럼 보였다. 푸르고 흰 하늘과, 터져 나온 아스팔트의 끈적거리는 검은색, 옷들의 음울한 검은색, 래커 칠이 된 영구차의 검은색 등, 그 모든 단조로운 색깔들 사이에서 나는 잠시 정신을 잃었다. 햇빛, 마차에서 나는 가죽 냄새와 말똥 냄새, 니스 칠과 향 냄새, 밤샘 후의 피로, 이 모든 것들이 내 눈과 머리를 어지럽게 했다. 나는 또다시 뒤를 돌아보았다. 페레가 아주 멀리 보이다가, 구름처럼 피어오르는 열기 속으로 사라지고는, 그후로 더 이상 보이지 않았다. 두리번거리며 그를 찾아보았더니 그는 길을 벗어나 들판을 가로질러 오고 있었다. 나는 앞에 보이는 길이 굽어 있다는 것을 확인했다. 이 지방을 잘 아는 페레는 우리를 따라잡기 위해 지름길을 택했던 것이다. 길이 굽어진 곳에서 그는 우리와 다시 만났다가, 얼마 후 또 뒤로 처지곤 했다. 그러면 또다시 들판을 가로질러 왔고, 그렇게 여러 번 더 했다. 나는 관자놀이에서 피가 솟구치는 걸 느꼈다.

그다음엔 모든 일이 신속하고 정확하게, 그리고 자연스럽게 진행되어, 나는 더 이상 아무것도 기억나지 않는다. 단 한 가지는 기억나는데, 마을 초입에서 그 담당 간호사가 내게 했던 말이다. 그녀는 얼굴에 어울리지 않는 독특한 목소리를 갖고 있었는데, 낭랑하고 떨리는 목소리로 내게 말했다. "천천히 걸으면 일사병에 걸릴 우려가 있어요. 그러나 너무 빨리 걸으면 땀을 많이 흘려서 성당 안에 들어가면 오한이 들게 되죠." 그녀가 옳았다. 해결책은 없었다. 그날의 몇 가지 이미지들이 아직도 기억에 남아 있다. 이를테면 페레가 마을 인근에서 마지막으로 우리와 합류했을 때의 얼굴 말이다. 그의 얼굴은 분노와 슬픔으로 범벅이 된 눈물로 흥건히 젖어 있었다. 그러나 눈물은 주름살 때문에 흘러내리지 못하고 얼굴 위에 그대로 남아 주름 사이로 퍼져서 마치 물 칠을 해놓은 것 같았다. 또한 성당과 보도에 서 있던 마을 사람들, 묘지 무덤 위의 붉은 제라늄, 페레의 실신(꼭두각시가 부서지는 듯했다), 엄마의 관 위로 뿌려진 핏빛 흙, 그 속에 섞여 있던 나무 뿌리들의 흰 속살, 많은 사람들의 목소리, 마을, 한 카페 앞에서의 기다림, 끊임없이 붕붕거리던 모터 소리, 그리고 버스가 불빛이 번쩍거리는 알제 시내로 들어서고, 이제는 가서 열두 시간 동안 자야겠다고 생각했을 때의 기쁨 같은 것도 기억난다.

II

　잠에서 깨어나면서, 난 사장에게 이틀 간 휴가를 신청했을 때 왜 그가 탐탁지 않은 표정을 지었는지를 알게 되었다. 오늘이 토요일이기 때문이다. 이를테면 나는 그 사실을 잊고 있었는데, 자리에서 일어날 때 그 생각이 떠올랐던 것이다. 사장은 내가 일요일을 포함해 나흘 간 휴가를 할 거라고 당연히 생각했으니, 기분이 좋을 수 없었다. 그러나 한편으로, 엄마의 장례를 오늘이 아니라 어제 치른 것이 내 잘못은 아니며, 다른 한편으론, 토요일과 일요일은 어쨌든 내가 쉬게 되었을 것이다. 물론, 그렇다고 해서 내가 사장의 마음을 이해하지 못하는 것은 아니다.

어제 하루 종일 피곤했기 때문에 나는 일어나기가 무척 힘들었다. 면도를 하는 동안 오늘 무엇을 할까 생각하다가 해수욕을 하러 가기로 결정했다. 나는 항구에 있는 해수욕장으로 가려고 전차를 탔다. 그리고 도착해서 곧바로 물속으로 뛰어들었다. 해수욕장엔 젊은이들이 많이 있었다. 물속에서 나는 전에 우리 회사에서 타이피스트로 일했던 마리 카르도나를 만났다. 그 당시 나는 그녀에게 마음이 있었다. 그녀 역시 그랬던 것 같다. 그러나 얼마 후 그녀가 회사를 떠났고, 우리는 서로 만날 기회가 없었다. 나는 그녀가 부표 위로 올라가도록 도와주었는데, 그런 동작을 하다가 그녀의 가슴을 살짝 스쳤다. 그녀는 벌써 부표 위에 배를 대고 엎드려 있었고, 나는 아직 물속에 있었다. 그녀가 내게로 몸을 돌렸다. 그러고는 머리카락이 눈앞에 흐트러진 채 웃어 보였다. 나는 부표 위 그녀 곁으로 기어 올라갔다. 기분이 좋아서 나는 장난을 치듯 머리를 뒤로 젖혀 그녀의 배를 베고 누웠다. 그녀가 아무 말도 하지 않아 나는 그대로 있었다. 시야에 하늘이 가득 들어왔다. 하늘은 파랗고 황금빛이었다. 내 목덜미 아래서 마리의 배가 천천히 움직이는 게 느껴졌다. 우리는 어렴풋이 잠이 든 채, 오

랫동안 부표 위에 누워 있었다. 햇빛이 너무 뜨거워지자 그녀
는 물속으로 뛰어들었고 나도 그녀를 따라 들어갔다. 나는 그
녀에게 다시 다가가, 그녀의 허리를 감싸 안고 함께 헤엄을 쳤
다. 그녀는 계속 웃었다. 둑 위로 올라가 함께 몸을 말리면서
그녀가 내게 말했다. "내가 당신보다 더 탔네요." 나는 그녀에
게 저녁에 영화관에 같이 가겠느냐고 물었다. 그녀는 또다시
웃으면서 페르낭델이 출연하는 영화를 보고 싶다고 했다. 우
리가 다시 옷을 입었을 때, 그녀는 내가 검은색 넥타이를 매
고 있는 걸 보고는 매우 놀란 얼굴로, 상을 당했느냐고 물었
다. 나는 엄마가 죽었다고 말했다. 언제였는지 그녀가 알고 싶
어 해서, 난 "어제"라고 대답했다. 그녀는 약간 주춤했지만, 어
떤 표현도 하지 않았다. 그건 내 잘못이 아니라고 그녀에게 말
하고 싶었지만, 그 말은 이미 사장에게 했던 생각이 나서 그만
두었다. 아무런 뜻도 없었다. 어쨌든, 누구에게나 조금의 잘못
은 있다.

그날 저녁, 마리는 모든 것을 잊고 있었다. 영화는 가끔 웃
겼지만 정말 너무 형편없었다. 그녀는 다리를 내게 붙이고 있
었다. 나는 그녀의 젖가슴을 어루만졌다. 영화가 끝나갈 무렵

그녀에게 키스를 했는데, 잘 되지 않았다. 영화관을 나와 우리는 함께 내 집으로 왔다.

잠에서 깨어나 보니 마리는 떠나고 없었다. 그녀는 친척 아주머니 댁에 가야 한다고 말했었다. 일요일이라는 생각을 하자 나는 따분해졌다. 나는 일요일을 좋아하지 않는다. 그래서 침대에서 돌아누워 베개에 남아 있는 마리의 머리카락에서 나는 소금 냄새를 더듬으며 10시까지 잤다. 그러고는 계속 누운 채로 정오까지 담배를 피웠다. 나는 평소처럼 셀레스트네 식당에 가서 점심을 먹고 싶지가 않았다. 그곳 사람들이 틀림없이 내게 여러 가지 질문을 할 것이기 때문이었다. 나는 그게 싫었다. 그래서 직접 계란 프라이를 해서 빵도 없이 접시째 들고 먹었다. 빵이 없었는데, 그걸 사러 나가기가 싫었던 것이다.

점심을 먹고 난 후, 나는 좀 지루해서 아파트 안을 왔다갔다 했다. 엄마가 같이 살았을 때는 아파트 크기가 적당했었다. 그러나 이제 나 혼자 쓰기에는 너무 커서 식당의 테이블을 내 방으로 옮겨 놓아야 했다. 나는 방 안에서만, 푹 꺼진 짚 의자와, 거울이 누렇게 변색된 옷장, 화장대, 그리고 구리로 된 침대 사이에서 살고 있다. 나머지는 전부 내버려두고 있다. 잠시 후 나는 그냥 날짜 지난 신문을 들고 읽었다. 거기서 크뤼셍 소금 광고를 보고 잘라내 흥미기사들을 모아 두는 낡은 노트 안에다 스크랩해 두었다. 그리고 손도 씻고, 결국, 발코니로 나 갔다.

내 방은 교외의 큰길 쪽으로 나 있다. 오후엔 날씨가 좋았 다. 그렇지만 보도는 지저분하고, 드문드문 몇 사람이 유독 서 두르며 지나가고 있었다. 우선 산책을 가는 가족이 보였다. 남 자아이 둘은 무릎 아래로 내려오는 해군복 반바지 차림이었 는데, 옷이 뻣뻣해 좀 불편해 보였고, 여자아이 하나는 커다 란 분홍색 리본을 달고 검은색 에나멜 구두를 신고 있었다. 그들 뒤로는, 밤색 실크 원피스를 입은 뚱뚱한 어머니와, 아이 들의 아버지인 작고 홀쭉한 남자가 걸어가고 있었다. 그 남자 는 나도 얼굴을 아는데, 밀짚모자에 나비넥타이를 매고 손에 지팡이를 짚고 있었다. 아내와 함께 있는 그를 보면서, 나는 왜 동네 사람들이 그를 보고 품위 있다고 말하는지 이해가 되 었다. 조금 뒤엔 근교의 젊은이들이 지나갔는데, 머리에 기름 을 바르고 빨간색 넥타이를 매고 있었으며, 허리가 꽉 붙게 들 어간 재킷에 장식 손수건을 꽂고, 코가 각진 모양의 구두를 신고 있었다. 그들은 시내 극장에 가는 것 같았다. 그래서 그렇게 일찍 떠나며 큰소리로 웃으면서 전차를 타러 서둘러 가고 있었다.

그들이 지나가고 난 후, 한산하던 거리는 거의 인적이 뜸해졌다. 아마 곳곳에서 공연이 시작된 모양이었다. 거리엔 상점 주인들과 고양이들밖에 없었다. 길가에 늘어선 무화과나무들 위로 보이는 하늘은 맑았지만 그리 환하지는 않았다. 건너편 보도 위에는, 담배 가게 주인이 의자를 꺼내 와 문 앞에 놓고는 등받이 위로 두 팔을 올린 채 걸터앉았다. 조금 전까지 붐볐던 전차들이 거의 비어 있었다. 담배 가게 옆에 있는 자그마한 카페 '피에로'에서는 종업원이 텅 빈 홀에서 톱밥을 쓸고 있었다. 정말로 일요일이었다.

나도 담배 가게 주인처럼 의자를 돌려놓았다. 그게 더 편해 보였기 때문이다. 나는 담배 두 대를 피우고, 안으로 들어가 초콜릿 한 조각을 가지고 다시 나와 창가에서 먹었다. 잠시 후, 하늘이 어두워져서 나는 여름철 소나기가 올 줄 알았다. 그런데 하늘이 다시 차츰 환해졌다. 하지만 구름이 지나가면서 소나기가 올 것 같은 여운을 남기며 거리는 조금 더 어두워졌다. 나는 오랫동안 하늘을 바라보며 그대로 앉아 있었다.

5시에, 전차가 요란한 소리를 내며 들어왔다. 교외 경기장에서 돌아오는 한 무리의 관중들이 승강대와 난간에까지 빽빽이 들어차 있었다. 그다음 전차에는 운동선수들이 타고 있었는데, 작은 짐가방들을 들고 있는 걸로 봐서 그들이 운동선수라는 걸 알 수 있었다. 그들은 자기네 클럽이 결코 지지 않을 것이라며 목청껏 소리치고 노래를 불렀다. 여러 명이 나에게 손을 흔들었는데, 그중 한 명은 "우리가 이겼어." 라고 외치기까지 했다. 나도 머리를 끄덕이면서 "그렇군." 하고 신호를 보냈다. 그때부터 자동차들이 몰려오기 시작했다.

날이 또다시 약간 바뀌었다. 지붕들 위로 하늘이 불그레해지고, 저녁이 시작되면서 거리들도 활기를 되찾았다. 산책하는 사람들도 차츰 돌아오고 있었다. 그들 속에서 아까 그 품위 있는 남자가 눈에 띄었다. 아이들은 울며 손을 잡혀 끌려오고 있었다. 곧이어 근처 극장들에서 관객들이 우르르 거리로 쏟아져 나왔다. 그들 가운데 유별나게 결의에 찬 행동들을 하는 젊은이들을 보면서 나는 그들이 어드벤처 영화를 봤을 거라는 생각이 들었다. 시내 극장으로 간 사람들은 좀 더 늦게 돌아왔다. 그들은 영화를 보러 가기 전보다 더 진지해 보였다. 여전히 웃고는 있었지만, 가끔은 피곤해 보이고 생각에 잠겨 있는 듯했다. 그들은 건너편 인도 위에서 왔다 갔다 하며 서성이고 있었다. 모자를 쓰지 않은 동네 아가씨들이 팔짱을 끼고 지나가자, 젊은 남자들 몇 명이 나란히 늘어서 그녀들 옆으로 지나며 농담을 던졌다. 그러자 아가씨들이 그들을 쳐다보며 웃었다. 그녀들 중 몇 명은 나도 알고 있는데, 나를 보더니 손을 흔들었다.

그때 갑자기 가로등이 켜지면서 밤하늘에 맨 먼저 떠오른 별들이 흐릿하게 보였다. 그처럼 사람들과 불빛으로 북적대는 거리를 바라보고 있자니 눈이 피로해졌다. 젖어 있는 보도블록이 가로등 불빛 아래서 번들거리고, 일정한 간격으로 들어오는 전차들의 불빛은 사람들의 반짝이는 머리칼과 미소 또는 은팔찌 위에서 반사되고 있었다. 이윽고, 전차가 더 뜸해지면서 나무와 가로등 위로 벌써 짙은 어둠이 내려앉았다. 거리엔 어느새 인적이 끊기고, 또다시 텅 빈 거리를 첫 번째 고양이가 천천히 건너가고 있었다. 그제야 나는 저녁을 먹어야겠다는 생각이 들었다. 의자 등받이에 오랫동안 기대앉아 있어서 목이 좀 아팠다. 나는 밖으로 나가 빵과 파스타 면을 사와서 직접 요리를 해 그냥 서서 먹었다. 창가에서 담배를 한 대 피우고 싶었지만 공기가 차가와 좀 추웠다. 창문을 닫고 안으로 들어오는데, 거울 속으로 알콜 램프와 빵 조각이 함께 놓여 있는 테이블의 한쪽 끝이 보였다. 늘 그렇듯 일요일이 또 하루 지나갔고, 엄마는 이제 땅속에 묻혀 있으며, 나는 다시 직장으로 돌아갈 것이고, 결국, 달라진 것은 아무것도 없다는 생각이 들었다.

III

오늘은 사무실에서 일을 많이 했다. 사장은 친절했다. 그는 내게 너무 피곤하지 않느냐고 물으며, 엄마의 나이도 알고 싶어 했다. 나는 실수하지 않으려고 "육십 정도"라고 말했는데, 왠지는 모르지만 그는 안도하며 이제 끝난 일이라고 여기는 것 같은 표정을 지었다.

내 책상 위에는 선하(船荷)증권이 한 무더기 쌓여 있었고, 그것들을 전부 뒤져봐야 했다. 점심을 먹으러 사무실을 나가기 전에 나는 손을 씻었다. 나는 정오의 그 시간을 무척 좋아한다. 저녁엔 기분이 덜 좋은데, 함께 사용하는 두루마리 수건을 사람들이 하루 종일 쓰다보니까 그 시간쯤엔 완전히 젖어 있기 때문이다. 한번은 사장에게 그 점에 대한 얘기를 했다. 그는 자기도 그걸 유감스럽게 생각하지만, 어쨌든 그건 별로 중요하지 않은 사소한 일이라고 대답했다. 나는 좀 늦게, 12시 반에, 발송부에 근무하는 엠마뉘엘과 함께 밖으로 나갔다. 사무실이 바다 쪽으로 나 있어서, 우리는 햇볕에 뜨겁게 달궈진 항구에 정박해 있는 화물선들을 바라보느라 시간을 좀 지체했다. 그때, 트럭 한 대가 요란한 체인 소리와 폭발 소리 같은 굉음을 내며 다가왔다. 엠마뉘엘이 내게 말했다. "저기 올라탈까". 나는 달리기 시작했다. 트럭이 우리를 지나가자 우리는 그걸 쫓아 돌진했다. 나는 소음과 먼지에 휩싸였다. 내 눈엔 아무것도 보이지 않고, 권양기들과 기계들, 수평선 위에서 춤을 추는 돛대들 그리고 우리가 쫓아가는 배들 사이에서 그저 정신없이 뛰어가는 충동밖엔 느끼지 못했다. 내가 먼저 지탱할 것을 붙잡고 트럭에 껑충 뛰어올랐다. 그러고는 엠마뉘엘이 올라앉도록 도와주었다. 우리는 숨을 헐떡거렸다. 트럭은 먼지와 햇빛 한가운데로, 부두의 울퉁불퉁한 길을 튀어오르듯 달려갔다. 엠마뉘엘은 숨이 끊어져라 웃어댔다.

우리는 땀에 흠뻑 젖어 셀레스트네 식당에 도착했다. 셀레스트는 여느 때처럼 불룩 나온 배 위에 앞치마를 두르고 흰 콧수염을 기른 모습으로 있었다. 그는 내게 "어쨌든 괜찮은지"를 물었다. 나는 그렇다고 하면서 배가 고프다고 말했다. 나는 급히 먹고 나서 커피를 마셨다. 그러고는 집으로 돌아갔는데, 포도주를 너무 많이 마셔 잠을 좀 잤다. 잠에서 깨어나자 담배가 피우고 싶었다. 그러고는 늦어서 전차를 타려고 뛰어갔다. 오후엔 내내 일을 했다. 사무실이 무척 더웠다. 저녁엔, 회사에서 나와, 강둑을 따라 천천히 걸어서 집으로 돌아오며 난 즐거웠다. 하늘은 초록색이었고, 나는 기분이 좋았다. 그러나 나는 직접 삶은 감자를 만들어 먹고 싶어서 곧장 집으로 돌아왔다.

컴컴한 층계를 오르면서, 나는 같은 층에 사는 살라마노 영감과 마주쳤다. 그는 개를 데리고 있었다. 영감이 그 개와 함께 있는 걸 본 지도 벌써 8년 전이다. 그 스패니얼 개는 습진으로 보이는 피부병을 앓고 나서, 털이 거의 다 빠져버리고 온몸이 반점과 갈색 딱지투성이가 되었다. 그런 개와 함께 작은 방에서 단 둘이서만 살아왔기 때문에 살라마노 영감도 마침내 개를 닮아갔다. 영감의 얼굴엔 불그스름한 딱지가 생기고,

머리털도 누렇게 되면서 듬성듬성해졌다. 개 또한 자기 주인의 구부정한 자세를 닮아, 주둥이를 앞으로 내밀고 목은 빳빳하게 세우고 있었다. 그들은 같은 종으로 보이지만 사실은 서로를 미워했다. 하루에 두 번, 오전 11시와 오후 6시에 영감은 개를 산책시켰다. 8년 동안 그들의 산책 코스가 바뀐 적은 한 번도 없었다. 리용 가에서 그들이 걷는 모습을 볼 수 있는데, 영감은 개에 이끌려 가다가 언제나 발부리를 부딪혀 비틀거리곤 했다. 그러면 영감은 개를 때리며 욕을 해댔다. 개가 무서움에 질려 질질 끌려갔다. 그런 때면 영감이 개를 끌고 갔다. 그런데 개가 잊어버리고 다시 주인 앞에 서서 끌고 가면 또 얻어맞고 욕을 먹었다. 그러면 둘은 보도 위에 멈춰 서서, 개는 공포에 떨고, 영감은 분노에 차서 서로를 노려보았다. 매일 그런 식이었다. 개가 오줌을 누고 싶어 해도 영감은 내버려두지 않고 그를 잡아끌어, 스패니얼은 뒤로 오줌을 질질 흘리면서 끌려갔다. 간혹 방 안에서 오줌을 누기라도 하면 그때도 개는 또다시 얻어맞았다. 그렇게 해온 것이 8년이나 되었다. 셀레스트는 늘 "안됐어." 하고 말하지만, 그 속내는 아무도 알 수 없다. 층계에서 만났을 때도, 살라마노는 개에게 욕을 하고 있는 중이었다. 그가 개에게 소리를 질렀다. "빌어먹을 놈! 망할 새끼!" 그러자 개가 낑낑거렸다. 내가 "안녕하세요." 하고 인사를 해도, 영감은 계속 욕을 해댔다. 그래서 나는 개가 무슨 짓을 저질렀느냐고 물어보았다. 그는 아무 대꾸도 하지 않고, '빌어먹을 놈! 망할 새끼!' 하고 욕만 했다. 그는 개에게로 몸을 굽히고 목줄의 뭔가를 고쳐주고 있는 것 같았다. 내가 더 큰 소리로 말했다. 그제야 영감은 고개도 돌리지 않고 치밀어 오르는 화를 삼키며 "계속 안 가고 있잖아요." 하고 대답했다. 그러고는 개를 잡아끌며 가버렸다. 개는 네 발로 어기적거리며 따라가면서 계속 낑낑거렸다.

바로 그때, 같은 층에 사는 또 다른 이웃이 들어왔다. 동네 사람들은 그가 여자들에게 빌붙어 산다고 말한다. 그러나 그에게 직업을 물어보면, "창고관리인"이라고 대답했다. 그를 좋아하는 사람은 별로 없었다. 하지만 그는 내게는 자주 말을 걸고, 내가 그의 얘기를 들어주니까 가끔은 내 집에 잠깐씩 들르기도 한다. 그가 말하는 걸 들어보면 재미있다. 게다가 그와 말을 하지 않을 아무런 이유도 없다. 그의 이름은 레몽 생테스다. 약간 작은 키에, 어깨가 넓고, 코는 권투선수 같다. 옷차림은 항상 반듯했다. 그 역시 살라마노에 대해 이야기를 하며 "참 안됐지 뭐야!" 하고 말했다. 그는 내게 그 꼴이 역겹지 않느냐고 물었는데, 나는 그렇지 않다고 대답했다.

함께 층계를 올라가 헤어지려 할 때 그가 말했다. "우리 집에 소시지와 포도주가 있는데, 같이 좀 드실래요? ⋯⋯." 난 그러면 식사 준비를 안 해도 되겠다는 생각이 들어 그러겠다고 했다. 그의 집도 역시 창문이 없는 부엌과 방 하나밖에 없었다. 침대 위에는 흰색과 분홍색의 천사 석고상과 운동선수들의 사진, 그리고 판에 박은 여자 나체 사진이 두세 장 붙어 있었다. 방은 지저분하고 침대는 흐트러져 있었다. 그는 우선 석유램프를 켜고 주머니에서 좀 낡은 붕대를 꺼내더니 오른손을 싸맸다. 내가 그에게 무슨 일이 있었느냐고 물었더니, 그는 어떤 녀석이 시비를 걸어와 한바탕 붙었다고 했다.

"뫼르소 씨, 잘 아시겠지만" 그가 말을 시작했다. "내가 나빠서가 아니라 성격이 좀 급해서 그래요. 그 녀석이 나한테 '네가 남자면 전차에서 내려.' 그러잖아요. 내가 '자, 조용히 하지.' 하고 말했죠. 그랬더니 녀석이 나한테 내가 남자가 아니라는 거예요. 그래서 내가 전차에서 내려 말했죠. '가만히 있는 게 좋을 텐데, 안 그러면 한 수 가르쳐주지.' 녀석이 '뭘?' 하고 대들더군요. 그래서 한 대 갈겨버렸어요. 놈은 바로 나자빠지더군요. 나는 녀석을 일으켜주려고 했죠. 그런데 이놈이 땅바닥에 누운 채로 나한테 발길질을 하는 거예요. 그래서 내가 무릎으로 한 방 먹인 다음, 두 번 정도 갈겨버렸죠. 놈의 얼굴이 피로 범벅이 되더군요. 이젠 충분히 알았냐고 녀석한테 물었더니 '그렇다'고 대답하더라고요."

그동안 내내, 생테스는 붕대를 감고 있었다. 나는 침대에 걸터앉아 있었다. 그가 말했다. "내가 시비를 건 게 아니라, 그 녀석이 나를 모욕했다고요." 그건 사실이었고, 나는 그의 말을 인정했다. 그러자 그는 내게, 마침 이 문제로 조언을 좀 부탁하고 싶다고 했다. 내가 남자답고, 세상 돌아가는 것도 잘 알 테니, 자기를 도와줄 수 있으며, 그러면 자기는 내 친구가 돼주겠다는 것이었다. 내가 아무 말도 하지 않자, 그는 나더러 자기 친구가 되고 싶으냐고 또다시 물었다. 내가 아무래도 상관없다고 대답하자, 그는 만족한 표정이었다. 그는 소시지를 꺼내 프라이팬에 굽고는 잔, 접시, 포크, 나이프 그리고 포도주 두 병을 식탁에 늘어놓았다. 그러는 동안 우리는 아무 말도 하지 않았다. 이윽고 우리는 자리에 앉았다. 식사를 하면서 그는 자기 이야기를 하기 시작했다. 처음엔 좀 망설였다. "한 여자를 알게 되었는데…… 일테면 정부였지요." 그가 싸웠던 남자는 바로 그 여자의 오빠였다. 그는 여자에게 생활비를 대주었다는 얘기도 했다. 나는 아무 대꾸도 하지 않았는데, 곧바로 그는 동네 사람들이 자기에 대해 무슨 말을 하는지 다 알고 있지만, 자신은 양심에 거리낄 게 없으며, 자기는 창고관리인라고 덧붙여 말했다.

"본론을 말하자면, 내가 속았다는 걸 알게 되었어요." 그가 말했다. 그는 그녀에게 빠듯하게 살 만큼의 돈을 주었다. 그녀의 방세도 그가 지불하고, 식비로 하루에 20프랑씩도 주었다. "방세 300프랑과 식비 600프랑, 그리고 가끔 스타킹 한 켤레를 사주고 해서, 천 프랑이 들어갔어요. 이 부인은 일도 하지 않았어요. 그런데도 너무 빠듯하다, 내가 주는 돈으로는 살 수가 없다고 말하는 거예요. 그래서 내가 말했죠. '왜 당신은 반나절이라도 일을 안 해? 이런 소소한 것들은 당신이 좀 감당할 수도 있을 텐데. 이달엔 옷도 한 벌 사줬고, 하루에 20프랑씩 주고, 당신 방세도 내주고 말이야. 그런데 당신은 친구들하고 오후에 커피나 마시고 있어. 당신은 친구들에게 커피와 설탕을 주고 있지만, 그 돈을 당신에게 주는 사람은 바로 나야. 나는 당신에게 할 만큼 다 했어. 그런데 당신은 나를 힘들게 하고 있잖아.' 그래도 그 여자는 일을 안 하고, 돈이 부족하다고 계속 말하는 거예요. 그러다가 결국 내가 속고 있다는 걸 알게 됐던 거죠."

그러면서 그는 그녀의 가방에서 복권 한 장을 발견했는데, 그녀가 그걸 어떻게 샀는지 설명하지 못하더라는 얘기를 들려주었다. 얼마 후, 그는 그녀의 집에서 또 팔찌 두 개를 저당 잡힌 전당포의 '증명서'를 발견했다. 그때까지 그는 팔찌들이 있었다는 것도 모르고 있었다. "내가 속고 있다는 걸 분명히 알게 되었어요. 그래서 그 여자를 떠났죠. 하지만 먼저 그 여자를 좀 패줬어요. 그러고는 그 여자의 진실을 말해줬죠. 그녀가 정말 원했던 것은, 자신을 즐기는 것이었다고 말이죠. 그녀에게 이런 말도 했어요, 뫼르소 씨, 이해하실 겁니다. '내가 너에게 준 행복을 사람들이 얼마나 부러워하는지 너는 모르고 있어. 좀 지나면 네가 행복했었다는 걸 알게 될 거야.' 하고 말이죠."

그는 피가 날 때까지 그녀를 때렸다. 그전에는, 때린 적이 없었다. "그녀를 때리긴 했지만, 이를테면 살살 때렸죠. 그녀가 소리를 지르면, 내가 겉창을 닫았고, 그러면 끝났어요. 늘 그랬죠. 그런데 이제는 심각해요. 내 입장에서는 그 여자한테 충분히 갚아주지도 못했으니까요."

그래서 그 때문에 내 조언을 원하는 거라고 그는 설명했다. 그는 그을음이 나는 램프의 심지를 손보려고 잠시 말을 멈췄다. 난 계속 그의 말을 듣고 있었다. 나는 포도주를 거의 1리터나 마셨기 때문에 관자놀이가 달아올랐다. 내 담배가 떨어지고 없어서 나는 레몽의 담배를 피웠다. 마지막 전차가 지나가면서 이제는 거리 저쪽으로 소음도 멀어져갔다. 레몽은 계속 얘기를 했다. 그를 난처하게 만드는 건, "아직도 그녀와 섹스를 하고 싶은 감정이 남아 있다"는 것이다. 그러나 그는 그 여자를 혼내주고 싶어 했다. 그는 우선 그녀를 호텔로 데려가, 스캔들을 일으켰다는 이유로 '풍속사범 단속반'을 불러 그녀를 매춘부 리스트에 오르게 하려는 생각을 했다. 그러고는 그 계통에 환한 친구들에게 물어보았다. 그러나 그 친구들은 어떤 방법도 찾아내지 못했다. 레몽이 강조했듯이, 그 계통에 있어도 정말 소용없었다. 그가 친구들에게 그 얘기를 하자, 그럼 그녀에게 "낙인을 하라"고 그들이 제안했다. 하지만 그 방법은 그가 원하는 것이 아니었다. 그는 더 고민해보려고 했다. 앞서 그는 나한테 뭔가를 묻고 싶어 했다. 하지만, 나한테 묻기 전에, 이 일에 대해 내가 어떻게 생각하는지를 알고 싶어 했다. 나는 어떤 생각도 하지 않지만 흥미롭다고 대답했다. 그는 내 생각에도 그 여자가 자기를 속인 거냐고 물어서, 내가 보기엔 속인 게 맞다고 했다. 그는 또 나도 그녀를 혼내줘야 한다고 생각하는지, 그리고 내가 그의 입장이라면 어떻게 하겠느냐고 물었다. 그건 전혀 모르겠지만, 그가 여자를 혼내주고 싶어 하는 건 나도 이해한다고 말했다. 나는 포도주를 좀 더 마셨다. 그는 담배에 불을 붙이고는 자신의 생각을 털어놓았다. 그는 그녀에게 '차버린다는 말과 함께 그녀를 후회하게 만들 내용들로' 편지를 쓰고자 했다. 그런 다음, 그녀가 돌아오면, 함께 자고, '바로 마지막 순간에' 그녀의 얼굴에 침을 뱉고는 밖으로 내쫓겠다는 것이었다. 그렇게 하면 사실, 그녀도 앙갚음을 받는 거라는 생각이 나도 들었다. 그러나 레몽은 꼭 필요한 그런 편지를 자신은 쓸 능력이 없고, 내가 쓸 수 있을 거라고 생각했다는 것이었다. 내가 아무 말도 하지 않자, 그는 혹시 지금

당장 편지를 써달라고 하면 귀찮겠느냐고 물었다. 나는 그렇지 않다고 대답했다.

그는 포도주를 한 잔 마시고 일어났다. 그리고 널려 있는 접시들과 식은 소시지 조각을 한쪽으로 치워놓았다. 그는 테이블의 방수 천을 정성스럽게 닦았다. 그러고는 침대 머리맡에 있는 탁자 서랍에서 모눈종이 한 장과 노란색 봉투 하나, 붉은 나무로 된 작은 펜대, 그리고 보라색 잉크가 든 네모난 병을 꺼냈다. 그가 여자의 이름을 말했을 때, 나는 그녀가 무어인이라는 걸 알았다. 나는 편지를 썼다. 되는 대로 쓰기는 했지만, 레몽의 기분을 거슬리게 할 이유는 없었으므로 그의 마음에 들도록 애를 썼다. 그러고는 큰 소리로 편지를 읽어주었다. 그는 담배를 피우면서 고개를 끄덕거리며 편지 내용을 다 듣고 나서는, 다시 한번 읽어달라고 했다. 그는 아주 마음에 들어 했다. 그러면서 "난 네가 인생을 안다고 믿고 있었지." 하고 말했다. 난 그가 나에게 말을 놓았다는 걸 처음엔 알아차리지 못했다. 그가 내게 "이제 넌 진짜 친구야." 하고 말했을 때에야 비로소 나는 깜짝 놀랐다. 그는 그 말을 되풀이했고, 난 "그래" 하고 말했다. 내가 그의 친구가 된다고 해서 달라질 것도 없지만, 그는 정말로 나와 친구가 되고 싶은 표정이었다. 그가 편지를 봉하고 나서, 우리는 포도주를 마저 비웠다. 그리고는 서로 아무 말도 없이 잠시 담배를 피우고 있었다. 밖은 무척 조용했고, 자동차가 지나가면서 미끄러지는 소리가 들려왔다. "시간이 늦었네." 하고 내가 말하자, 레몽도 그렇게 생각했다. 그는 시간이 빨리 지나간다고 말했는데, 어떤 의미에서, 그건 사실이었다. 나는 졸음이 왔지만, 일어나기가 힘들었다. 내가 피곤해 보였던지 레몽이 내게 너무 상심하지 말라고 말했다. 처음에, 난 이해하지 못했다. 그러자 그는 엄마의 죽음에 대해서 알고 있었다면서, 그러나 언젠가는 닥치는 일이라고 내게 설명을 했다. 나도 그렇게 생각했다.

내가 일어나자, 레몽은 내 손을 꽉 잡으며 남자들끼리는 항상 서로 이해하는 거라고 말했다. 난 그의 집을 나와, 문을 닫고는, 층계참의 어둠 속에 잠시 그대로 서 있었다. 건물은 고요속에 잠겨 있었고, 층계 밑의 깊은 곳에서 어둡고 눅눅한 바람이 올라왔다. 내 귀엔 웅웅거리며 핏줄이 뛰는 소리밖엔 아무것도 들리지 않았다. 나는 꼼짝 않고 그대로 있었다. 살라마노 영감 방에서, 낑낑거리는 개 소리가 나지막이 들려왔다.

IV

나는 일주일 내내 열심히 일했다. 레몽이 와서는 편지를 부쳤다고 말했다. 나는 엠마뉘엘과 함께 두 번 영화관에 갔었는데, 그는 스크린 위에 펼쳐지는 줄거리를 계속 이해하지 못해서, 설명을 해줘야 했다. 어제는 토요일이었고, 약속했던 대로 마리가 왔다. 나는 그녀를 무척 껴안고 싶었다. 그녀는 붉고 흰 줄무늬가 있는 멋진 원피스를 입고, 가죽 샌들을 신고 있었던 것이다. 탄탄한 젖가슴이 약간 드러나며, 햇볕에 그을린 얼굴은 꽃처럼 아름다웠다. 우리는 버스를 타고 알제에서 몇 킬로미터 떨어진 바닷가로 갔는데, 그곳은 주변에 바위가 빽빽이 들어서 있고 기슭엔 갈대숲이 우거져 있었다. 오후 4시의 태양은 너무 뜨겁지는 않았지만, 바닷물은 미지근했고, 잔잔한 파도들이 길고 느릿하게 넘실대고 있었다. 마리가 내게 놀이를 하나 가르쳐 주었다. 헤엄을 치면서 파도 꼭대기의 물을 들이마신 후, 입속에 거품을 가득 머금고는 하늘을 향해 누워서 내뿜는 것이었다. 그러면 물거품이 레이스처럼 보이며 대기 속으로 사라지거나 얼굴 위로 보슬비처럼 다시 떨어졌다. 그러나 얼마 후에는, 강한 소금기 때문에 입안이 탔다. 마리가 내게로 다시 오더니 물속에서 몸을 밀착시켰다. 그녀는 내 입에 자신의 입을 갖다 댔다. 그녀의 혀가 내 입술을 산뜻하게 해주었고, 우리는 한동안 파도 속에서 뒹굴었다.

해변가로 나와서 옷을 갈아입고 있을 때 마리가 눈을 빛내며 나를 바라보았다. 나는 그녀에게 키스했다. 그때부터 우리는 아무 말도 하지 않았다. 나는 그녀를 껴안았다. 그러고는 서둘러 버스를 타고, 내 집으로 돌아와 침대에 몸을 던졌다. 창문을 열어 두었는데, 우리의 그을린 육체 위로 여름밤이 흘러드는 게 무척이나 기분 좋았다.

아침엔 마리가 함께 있어서 난 그녀에게 점심을 같이 하자고 했다. 나는 고기를 사러 내려갔다. 다시 올라오는데, 레몽의 방에서 여자 목소리가 들려왔다. 얼마 후에는 살라마노 영감이 개에게 으르렁대는 소리도 들렸는데, 나무 층계참에서 구두창 소리와 긁는 소리가 들리더니, "빌어먹을 놈, 망할 새끼" 하는 소리가 나고, 그들은 곧 거리로 나갔다. 내가 마리에게 그 영감 얘기를 해주었더니 그녀는 한바탕 웃었다. 그녀는 내 파자마 중 하나를 입고는 소매를 걷어 올리고 있었다. 그녀가 웃었을 때, 나는 또다시 그녀를 껴안고 싶었다. 잠시 후, 그녀는 내게 자기를 사랑하느냐고 물었다. 그건 아무런 의미도 없지만, 사랑하는 것 같지는 않다고 내가 대답했다. 그녀는 우울한 기색이었다. 그러나 점심을 준비하면서, 그녀가 아무것도 아닌 일에 대해 또 그렇게 웃어서, 나는 그녀에게 키스를 했다. 바로 그때 레몽의 집에서 싸우는 소리가 터져 나왔다.

먼저 여자의 날카로운 소리가 들리고, 이어서 레몽의 말소리가 들렸다. "넌 날 속였어, 날 속였다고. 본때를 보여주지." 뭔가 둔탁한 소리들이 나고 여자가 비명을 질렀는데, 어찌나 끔찍하던지 층계참에 사람들이 금방 모여들었다. 나도 마리와 함께 나가보았다. 여자는 계속 소리를 지르고, 레몽은 줄기

차게 때리고 있었다. 마리가 끔찍하다고 말했지만 나는 아무 대답도 하지 않았다. 그녀는 내게 경찰관을 불러오라고 했는데, 나는 경찰관들을 좋아하지 않는다고 대답했다. 그런데 경관 한 명이 3층 세입자인 배관공과 함께 도착하게 되었다. 경관이 문을 두드리자 안에서 아무 소리도 나지 않았다. 경관은 더 세게 문을 두드렸다. 그러자 잠시 후, 여자가 울기 시작하고 레몽이 문을 열었다. 그는 입에 담배를 문 채 부드러운 표정을 하고 있었다. 여자가 문으로 뛰어나와, 레몽이 자기를 때렸다고 경관에게 말했다. "네 이름" 하고 경관이 말하자, 레몽이 대답을 했다. "말할 때는 입에서 담배를 떼." 하고 경관이 말했다. 레몽은 망설이며 나를 바라보더니 담배를 한 모금 빨았다. 그때 경관이 그의 뺨 한가운데를 손바닥으로 세차고 묵직하게 철썩 갈겼다. 담배가 몇 미터 멀리로 튕겨 나갔다. 레몽은 안색이 달라졌지만, 바로 그때는 아무 말도 하지 않았다. 그러고는 공손한 말투로 꽁초를 주워도 되겠느냐고 물었다. 경관이 그렇게 하라고 대답하고는 덧붙여 말했다. "다음엔 경찰관이 꼭두각시가 아니라는 걸 알게 될 거야." 그러는 동안 여자는 울면서 거듭 말했다. "저 포주가 나를 때렸어요." 그러자 레몽이 물었다. "경관님, 아무 남자한테나 이렇게 포주라고 말하는 게 법에 있는 겁니까?" 그러나 경관은 그에게 "주둥이 닫으라고" 명령했다. 그러자 레몽은 여자를 돌아보며 말했다. "두고 봐, 이것아, 다시 보게 될 거야." 경관은 그에게 닥치라고 말하고는, 여자는 가도 되고, 레몽은 경찰서에서 소환할 때까지 집에서 기다리고 있으라고 했다. 그러면서 레몽에게 그처럼 몸을 떨 정도로까지 술에 취했으면 수치심을 가질 줄 알라고 덧붙여 말했다. 그때 레몽이 경관에게 설명을 했다. "경관님, 나는 취하지 않았어요. 다만 여기 경관님 앞에 있으니까 떨리는 거예요. 어쩔 수 없죠." 레몽이 문을 닫자 모두들 떠나갔다. 마리와 나는 점심 준비를 마쳤다. 그러나 마리는 배가 고프지 않다고 해서, 내가 거의 다 먹었다. 그녀는 1시에 떠났고 나는 잠깐 잠을 잤다.

3시쯤, 문을 두드리는 소리가 나더니 레몽이 들어왔다. 나는 그대로 누워 있었다. 그는 내 침대 모서리에 걸터앉았다. 그가 한동안 말이 없어서, 그 일은 대체 어떻게 됐던 거냐고 내가 물었다. 그는 내게, 자신은 생각했던 대로 했는데 그 여자가 따귀를 갈기기에 자신도 그녀를 때렸던 거라고 얘기했다. 나머지는 나도 다 보았던 그대로다. 이젠 그녀도 벌을 받았을 테니, 만족할 것 같다고 내가 말하자, 그는 그렇다고 했다. 그는 자신이 지켜본 바로는, 경관이 무례하게 했지만, 그 여자가 받은 충격은 달라질 게 없다는 것이었다. 그리고 덧붙여서 자신은 경찰관들을 잘 알고 있으며, 그들을 대할 때는 어떻게 해야 하는지도 안다고 말했다. 그러면서 그는 경관이 따귀를 때렸을 때 자기가 대꾸하리라고 기대했었느냐고 내게 물었다. 나는 전혀 아무것도 기대하지 않았고, 더구나 난 경찰관들을 좋아하지 않는다고 대답했다. 레몽은 아주 만족한 표정이었다. 그는 나더러 같이 외출하겠느냐고 물었다. 나는 일어나 머리를 빗기 시작했다. 그는 내가 자신의 증인이 돼줘야겠다고 말했다. 나야 상관이 없지만, 무슨 말을 해야 할지 몰랐다. 레몽의 말에 의하면, 여자가 자기를 속였다고 말해주기만 하면 되었다. 나는 그에게 증인이 되어주겠다고 수락했다.

함께 밖으로 나가, 레몽이 내게 코냑을 한 잔 사주었다. 그러고는 당구를 한 게임 하자고 해서 했는데, 내가 근소한 차이로 졌다. 그 후 레몽은 사창가에 가고 싶어 했는데, 나는 그런 걸 좋아하지 않기 때문에 싫다고 했다. 그래서 우리는 천천히 집으로 돌아왔는데, 그는 자신의 정부를 혼내주는 데 성공해서 얼마나 기분이 좋은지 모르겠다고 말했다. 그는 나에게 매우 친밀하게 대했고, 즐거운 시간이었다는 생각이 들었다.

멀리서도, 살라마노 영감이 흥분한 얼굴로 문간에 서 있는 게 눈에 띄었다. 우리가 가까이 다가가 보니, 그는 개를 데리고 있지 않았다. 그는 사방을 두리번거리며, 제자리에서 맴돌기도 하고, 컴컴한 복도를 뚫어질 듯 쳐다보다가, 알 수 없는 말들을 중얼거리면서, 충혈된 눈을 가늘게 뜨고 거리를 훑어보기 시작했다. 레몽이 그에게 무슨 일이 있느냐고 물었지만, 곧바로 대답하지 않았다. 그가 "빌어먹을 놈, 망할 자식" 하고 중얼거리는 소리만 겨우 들렸다. 그러면서 영감은 계속 흥분해 있었다. 개가 어디에 있느냐고 내가 물었더니, 그는 대뜸, 개가 떠나버렸다고 대답했다. 그러더니 갑자기 쉴 새 없이 말을 쏟아냈다. "평소처럼, 난 그놈을 연병장으로 데리고 갔어요. 노점들 주위에 사람들이 많더군요. 나는 '탈주의 왕'을 쳐다보려고 잠시 멈췄어요. 그리고 다시 떠나려고 하는데, 놈이 없어진 거예요. 물론, 오래전부터 놈한테 좀 작은 목걸이를 하나 사주고 싶었죠. 한데 이 망할 놈이 이렇게 떠나리라고는 생각지도 못했지 뭡니까."

그러자 레몽이 영감에게, 개가 길을 잃어버렸을 수도 있으니까 다시 돌아올 거라고 설명해주었다. 그러면서 주인을 찾기 위해 수십 킬로미터나 달려온 개들에 대한 이야기들을 들려주었다. 그럼에도 불구하고, 영감은 더 흥분한 표정이었다. "하지만, 사람들이 그놈을 빼앗아 갈 거예요, 아시잖아요. 누가 그놈을 데려다 길러준다면 또 모르지만, 그럴 리는 없어요. 상처 때문에 모두 그 개를 싫어할 테니까요. 경찰관들이 그놈을 잡아가고 말 거예요. 틀림없어요." 그래서 내가 영감한테 동물보호소에 가보는 게 어떻겠냐면서, 수수료를 내면 개를 돌려줄 거라고 말했다. 그는 수수료가 비싸냐고 물었다. 나는 모른다고 하자, 그는 화를 냈다. "이 망할 놈 때문에 돈을 낸다고. 그냥 죽어버리는 게 낫지!" 그러고는 개에게 욕을 퍼붓기 시작했다. 레몽은 웃으면서 집 안으로 들어갔다. 나도 그를 뒤따라갔고, 우리는 층계참에서 헤어졌는데, 잠시 후, 영감의 발소리가 들리더니, 내 집 문을 두드렸다. 문을 열자, 그는 문간에 서서 잠시 머뭇거리더니 말했다. "실례합니다, 실례합니다." 내가 들어오라고 했지만, 그는 사양했다. 그는 자신의 신발 끝을 내려다보고 있었고, 딱지투성이 손은 떨고 있었다. 나를 쳐다보지도 않고 그가 물었다. "그들이 나한테서 개를 빼앗아가지는 않을 거예요, 생각해보세요, 뫼르소 씨. 나한테 개를 돌려주겠죠. 안 그러면 내가 어떻게 되겠어요?" 나는 그에게 동물보호소에서는 개들을 사흘 간 맡아준 다음, 주인이 나타나지 않으면 적당한 방법으로 처리한다는 얘기를 해주었다. 그는 조용히 나를 쳐다보았다. 그러고는 "안녕히 계세요." 하고 말했다. 그는 집으로 들어가 문을 닫았고, 서성이는 소리가 들렸다. 침대가 삐걱거리며, 벽 너머로 이상한 소리가 작게 들려왔다. 그가 울고 있다는 걸 알았다. 왠지는 모르지만, 나는 엄마를 생각했다. 하지만 다음 날 일찍 일어나야 했다. 나는 배가 고프지 않아, 저녁도 안 먹고 잤다.

V

레몽이 사무실로 전화를 해왔다. 그의 친구들 중 한 명(그에게 내 얘기를 했다는 것이다)이 알제 근처에 있는 그의 별장에서 일요일 하루를 같이 보내자고 나를 초대했다는 것이었다. 나는 그러고 싶지만 여자친구와 함께 보내기로 약속이 돼 있다고 했다. 그 즉시 레몽은 여자친구도 초대하겠다고 말했다. 친구의 부인도 남자들 속에 혼자 있지 않게 되면 무척 좋아할 거라면서.

나는 얼른 전화를 끊으려고 했다. 사장이 외부에서 직원들에게 전화 걸려오는 걸 싫어하기 때문이다. 그러나 레몽은 잠깐 기다리라고 하면서, 이 초대 얘기는 저녁에 전달할 수도 있을 테지만, 다른 것에 대해 알리고 싶다고 했다. 그는 하루 종일 아랍인들 패거리한테 미행을 당했는데, 그중에 지난번 정부의 오빠가 있었다는 것이다. 그러면서 "오늘 저녁에 들어갈 때 집 근처에서 그를 보면 나한테 좀 알려줘." 하고 말했다. 나는 알았다고 말했다.

잠시 후 사장이 나를 불렀는데, 순간 나는 짜증이 났다. 그가 나한테 전화 좀 줄이고, 일을 더 하라고 말할 줄 알았기 때문이다. 그런 얘기가 전혀 아니었다. 그는 아직은 매우 불투명한 어떤 계획에 대해 말하고 싶다고 했다. 그 문제에 대해 그는 단지 내 생각을 알고 싶어 했다. 그는 파리에 사무실을 개설해 현지에서 직접 큰 회사들과 함께 비즈니스를 하려는 계획을 갖고 있는데, 내가 그곳에 갈 생각이 있는지를 알고 싶어 했다. 그러면 파리에 살면서 연중 얼마간은 여행도 할 수 있게 되는 것이다. "자네는 젊으니까 그렇게 사는 게 마음에 들거라고 생각되네." 나는 그렇긴 하지만 사실 나한테는 마찬가지라고 대답했다. 그러자 그는 내게 삶의 변화에 대해 흥미가 없느냐고 물었다. 사람은 결코 삶을 바꿀 수 없고, 어떤 삶이든 나름대로 장점이 있으며, 이곳에서의 내 삶에 전혀 불만도 없다고 대답했다. 그는 못마땅한 표정으로, 내가 언제나 삐딱하게 대답하고, 야망도 없어서, 비즈니스를 하는 데는 절망적이라고 말했다. 그래서 나는 일을 하려고 자리로 돌아갔다. 그의 기분을 거슬리게 하지 않았더라면 더 좋았겠지만, 내 삶을 바꿀 이유가 뭔지 알지 못했다. 내 삶에 대해 곰곰이 생각해봐도, 나는 불행하지 않았다. 학생이었을 때, 나는 이 분야에 대해 많은 야망을 갖고 있었다. 그러나 학업을 포기해야 했을 땐 그 모든 것들이 현실적으로 중요하지 않다는 걸 금방 깨달았다.

저녁에 마리가 나를 찾아와서는 자기와 결혼하고 싶으냐고 물었다. 나는 아무래도 상관없다면서, 그녀가 원하면 결혼을 할 수 있을 거라고 말했다. 그러자 그녀는 내가 자기를 사랑하는지 알고 싶어 했다. 나는 이미 한 번 말했듯이, 그런 건 아무 의미도 없지만 그녀를 사랑하는 것 같지는 않다고 대답했다. "그럼 나랑 결혼은 왜 할까?" 그녀가 말했다. 나는 그녀에게, 결혼은 전혀 중요하지 않다, 그녀가 원한다면 결혼을 할 수 있다고, 설명했다. 게다가 그걸 물어본 사람은 그녀였고, 나는 그러자고 말한 것 뿐이었다. 그때 마리가 결혼은 진지한 일이라고 지적했다. 나는 '그렇지 않다'고 대답했다. 그녀는 잠시 아무 말도 하지 않더니 조용히 나를 쳐다보았다. 그러고는 말했다. 그녀는 단지, 내가 같은 방식으로 연결된 또 다른 여자한테서 역시 프로포즈를 받는다면, 그것도 수락할 것인지를 알고 싶어 했다. 나는 "물론" 하고 말했다. 그러자 그녀는 자신이 날 사랑하는지 의아스러워 했는데, 그 점에 대해서는 나로서도 전혀 알 수 없었다. 또다시 잠깐의 침묵이 흐른 다음, 그녀는 혼자 중얼거렸는데, 내가 이상한 사람이며, 어쩌면 그렇기 때문에 자기는 나를 사랑하지만 언젠가는 아마도 바로 그 이유 때문에 나를 싫어할지도 모른다고 했다. 내가 덧붙일 말이 없어서 입을 다물고 있자, 그녀는 웃으며 내 팔을 잡고는 나와 결혼하고 싶다고 말했다. 나는 그녀가 하고 싶을 때 곧바로 하자고 대답했다. 그러면서 사장이 내게 한 제안에 대해 얘기했더니, 그녀는 파리를 알고 싶다고 말했다. 내가 한때 거기서 살았었다고 알려주자, 그곳이 어떤 곳이냐고 물었다. "더러워. 비둘기들이 많고 안마당은 컴컴해. 사람들 얼굴은 새하얗고." 내가 말했다.

그런 다음 우리는 걸어서 큰길을 따라 시내를 돌아다녔다.

여자들이 아름다워서, 내가 마리에게 눈여겨보았느냐고 물었다. 그녀는 그렇다면서, 나를 이해한다고 말했다. 한동안 우리는 아무 말도 하지 않았다. 하지만 나는 그녀와 같이 있고 싶어서, 셀레스트네 식당에 가서 함께 저녁을 먹자고 했다. 그녀는 그러고 싶지만 할 일이 있다고 했다. 우리는 내 집 근처에 이르렀고, 나는 그녀에게 잘 가라고 말했다. 그녀가 나를 쳐다보며 물었다. "내가 해야 할 일이 뭔지 알고 싶지 않아?" 나는 알고 싶으면서도 생각을 못했던 것인데, 그 때문에 그녀는 나에게 섭섭해 하는 눈치였다. 내가 난처한 얼굴이 되자, 그녀는 또다시 웃으면서 나에게 바짝 다가서더니 입술을 내밀었다.

나는 셀레스트네 식당에서 저녁을 먹었다. 내가 이미 먹기 시작했을 때 묘한 분위기의 작은 한 여자가 들어오더니 내 테이블에 같이 앉아도 되겠느냐고 물었다. 물론, 그래도 된다고 했다. 그녀는 발작적인 몸짓을 하며 사과처럼 생긴 작은 얼굴에서는 두 눈이 반짝거렸다. 그녀는 재킷을 벗고 자리에 앉은 다음 메뉴판을 열심히 살펴보았다. 그러고는 셀레스트를 불러 정확하면서도 급한 말투로 음식을 한 번에 다 주문했다. 전식을 기다리는 동안 가방을 열어, 네모난 메모지와 연필을 꺼내, 음식 값을 미리 계산해보고는, 지갑에서 팁까지 합한 정확한 금액을 꺼내 테이블에 올려놓았다. 그때 전식이 나오자 그녀는 허겁지겁 먹어치웠다. 다음 음식을 기다리면서 그녀는 또 가방에서 파란색 연필과 일주일의 라디오 프로그램이 실려 있는 잡지 하나를 꺼냈다. 그러고는 거의 모든 프로그램을 하나씩 주의 깊게 체크해나갔다. 12페이지쯤 되는 잡지여서, 그녀는 식사를 하는 내내 그 작업을 꼼꼼하게 계속해나갔다. 나는 이미 식사가 끝나 있었고, 그녀는 여전히 체크를 하는 일에 전념하고 있었다. 그런 다음 자리에서 일어나, 로봇처럼 정확하게 같은 동작으로 재킷을 다시 입고는 레스토랑을 떠났다. 나는 할 일이 없어서, 밖으로 따라 나가, 잠시 그녀를 뒤쫓아 갔다. 그녀는 보도의 가장자리를 따라 믿을 수 없을 만큼 빠르고 정확한 동작으로, 비켜서지도 않고 뒤를 돌아보지도 않으며 계속 걸어갔다. 마침내 난 그녀를 시야에서 놓쳐버리고 되돌아왔다. 묘한 여자라는 생각이 들었지만 나는 곧 그녀를 잊어버렸다.

내 집 문간에서 살라마노 영감을 만났다. 그는 안으로 들어와서는, 개가 동물보호소에도 없는 걸 보니 결국 잃어버린 것 같다고 알려주었다. 그곳 직원들이, 아마도 개가 차에 치여 죽었을 거라고 말했다는 것이다. 혹시 경찰서에 가면 그걸 알 수 있지 않겠느냐고 영감이 물었더니, 그런 일들은 매일 일어나기 때문에 흔적을 보관해두지 않는다고 그들이 대답했다고 했다. 그래서 내가 살라마노 영감에게 다른 개를 기를 수도 있지 않겠느냐고 말했더니, 그는 그 개에 너무 익숙해 있었다는 지적을 했는데, 그의 말이 옳았다.

나는 침대에 웅크리고 앉아 있었고, 살라마노는 테이블 앞 의자에 앉아 있었다. 그는 나를 마주 보며 두 손을 무릎 위에 올려놓았다. 그는 낡은 펠트 모자를 쓰고 있었는데, 누런 콧수염 아래로 말끝을 흐리며 중얼거렸다. 나는 좀 귀찮았지만 달리 할 일도 없고 졸리지도 않아, 그에게 무슨 얘기라도 하려고 개에 대해 물어보았다. 그는 아내가 죽은 후 그 개를 데려왔던 거라고 했다. 그는 좀 늦은 나이에 결혼을 했다. 젊었을 땐 연극을 하고 싶었기 때문에 군대에 있을 때 보드빌에서 연기를 했다. 그러나 결국 철도청에 들어가게 됐고, 그걸 후회하지는 않는다. 그로 인해 현재 연금을 조금 받고 있기 때문이다. 아내와는 행복하지 않았지만, 대체로 그녀에게 잘 적응을

68

했다. 그녀가 죽고 나자 그는 무척 외로웠다. 그래서 작업장 동료에게 개 한 마리를 구해달라고 부탁해 아주 어린 강아지를 얻게 되었다. 그는 젖병으로 강아지를 키워야 했다. 그러나 개가 사람보다 오래 살지 않으므로 그들은 마침내 함께 늙어갔다. "고약한 놈이었어요." 살라마노가 말했다. "가끔 서로 싸우기도 했지만 그래도 좋은 개였죠." 내가 혈통이 좋은 개였다고 말해주자 살라마노는 기분이 좋아 보였다. 그가 덧붙여 말했다. "게다가, 병들기 전에는 그놈을 모르셨지만, 놈의 털은 정말 멋졌거든요." 개가 피부병에 걸린 후부터 살라마노는 매일 아침 저녁으로 연고를 발라주었다. 그러나 그가 보기에, 개의 진짜 병은 노쇠였으며, 노쇠는 치유될 수가 없었다.

그때 내가 하품을 하자 영감은 그만 가겠다고 했다. 내가 더 있어도 된다고 하면서, 개를 잃어버려 안타깝다고 말하자 그는 고맙다고 했다. 그는 엄마가 자기 개를 무척 좋아했다고 말했다. 엄마에 대해 말하면서 그는 "가여운 당신 어머니"라는 표현을 썼다. 엄마가 죽은 후로 내가 무척 슬플 거라는 짐작을 내비쳤지만 나는 아무 대답도 하지 않았다. 그러자 그는 얼른 당황한 기색으로, 동네 사람들이 내가 어머니를 양로원에 넣었다는 이유로 나에 대해 나쁘게 얘기한 걸 알고 있지만, 자기는 나를 잘 알고 있고, 내가 엄마를 사랑했다는 것도 알고 있다고 말했다. 내가 왜 그렇게 대답했는지 아직도 모르겠지만, 난 지금껏 사람들이 그런 일로 나를 나쁘게 말했다는 것도 모르고 있었고, 엄마를 보살펴드릴 만큼의 충분한 돈이 없었기 때문에 양로원이 내게는 당연한 곳으로 생각되었다고 했다. 그러면서 덧붙여 말했다. "게다가 오래전부터 엄마는 나한테 할 얘기도 없었고, 혼자 쓸쓸해 하셨죠." "맞아요." 영감이 말했다. "양로원에서는 적어도 친구들이라도 생기죠." 이윽고 그는 실례를 구했다. 가서 자고 싶었던 것이다. 이제 그의 삶에도 변화가 왔지만 그는 무엇을 해야 할지 도무지 모르고 있었다. 내가 그를 안 이후 처음으로, 그는 슬며시 내게 손을 내밀었는데, 까칠한 살갗이 느껴졌다. 영감은 조금 미소를 보이며 방을 나서기 전에 말했다. "오늘 밤엔 개들이 짖지 않으면 좋겠어요. 내 개가 아닌가 하는 생각이 항상 들거든요."

VI

일요일엔 일어나기가 힘들어서 마리가 나를 부르며 흔들어 깨워야만 했다. 우리는 일찍부터 해수욕을 하고 싶어서 아무것도 먹지 않았다. 나는 완전히 텅 빈 것을 느끼며 머리가 조금 아팠다. 담배 맛도 씁쓸했다. 마리는 내가 "지옥 같은 얼굴"을 하고 있다면서 나를 놀려댔다. 그녀는 흰색 원피스 차림에 머리칼을 늘어뜨리고 있었다. 내가 그녀에게 예쁘다고 말하자, 그녀는 좋아하며 웃었다.

층계를 내려가면서, 우리는 레몽의 집 문을 두드렸다. 그는 내려오겠다고 대답했다. 거리로 나오자 난 피곤했던 데다 덧문을 열어놓지 않아서 벌써 햇볕이 쨍쨍 내리쪼이고 있는 줄

몰랐기 때문에, 마치 따귀를 한 대 얻어맞은 듯한 느낌이었다. 마리는 뛸 듯이 즐거워하며 날씨가 좋다고 계속 말했다. 나는 컨디션이 좀 나아지며 배가 고파왔다. 그래서 마리에게 배가 고프다고 했더니, 그녀는 방수천 가방을 열어 보였는데, 거기 엔 우리의 수영복 두 개와 수건 하나밖에 들어 있지 않았다. 할 수 없이 기다리고 있는데, 레몽의 집 문이 닫히는 소리가 들렸다. 그는 푸른색 바지에 흰색 반소매 셔츠를 입고 있었다. 그런데 그가 밀짚모자를 쓰고 있는 걸 보고는 마리가 한바탕 웃어재꼈다. 레몽의 팔뚝은 몹시 희었으나 시커먼 털로 덮여 있었다. 나는 그런 게 좀 보기가 싫었다. 그는 휘파람을 불면 서 내려왔고 기분이 매우 좋아 보였다. 그는 내게 "안녕, 친구" 하고 말하고, 마리에게는 "아가씨"라고 불렀다.

그 전날 나는 레몽과 함께 경찰서로 가서, 그 여자가 레몽 을 "속였다"고 증언했다. 레몽은 훈방조치 되었다. 아무도 나 의 증언에 이의를 달지 않았다. 문 앞에서 레몽과 의논을 한 다음, 우리는 버스를 타기로 했다. 바닷가는 그리 멀지 않지만 그렇게 하면 더 빨리 도착할 것이었다. 레몽은 자기 친구도 우 리가 일찍 도착하는 걸 보면 좋아할 거라고 생각했다. 우리가

막 출발하려 하는데, 레몽이 갑자기 내게 건너편을 쳐다보라
며 눈짓을 했다. 한 무리의 아랍인들이 담배 가게 진열창에 기
대 서 있는 게 보였다. 그들은 아무 말도 없이 우리를 바라보
았는데, 더도 덜도 아니고 우리가 마치 돌이나 죽은 나무토막
이라도 된다는 식이었다. 레몽이 내게 왼쪽에서 두 번째가 바
로 그자라고 말했는데, 걱정스런 눈치였다. 그러나 이제 끝난
이야기라고 그는 덧붙여 말했다. 마리는 어리둥절해 하며 무
슨 일이 있느냐고 물었다. 나는 그녀에게 저 아랍인들이 레몽
에게 원한을 품고 있다고 이야기해주었다. 그녀는 빨리 떠나
자고 했다. 레몽은 몸을 일으켜 세우고는, 서둘러야 한다고 말
하며 웃었다.

우리는 좀 떨어져 있는 버스 정류장으로 갔다. 아랍인들이
우리 뒤를 따라오지 않는다고 레몽이 알려주었다. 나는 뒤를
돌아보았다. 그들은 계속 그 자리에 서서 여전히 무심하게 우
리가 방금 떠난 그곳을 바라보고 있었다. 우리는 버스를 탔
다. 레몽은 완전히 마음이 놓인 듯, 쉴 새 없이 마리에게 농담
을 했다. 그녀가 마음에 든 것 같았는데, 그녀는 거의 대답을
하지 않았다. 이따금 그녀는 레몽을 쳐다보며 웃었다.

우리는 알제 교외에서 내렸다. 해변은 버스 정류장에서 멀지 않다. 그러나 우리는, 바다가 내려다보이는 해변 쪽으로 내리뻗은 작은 언덕을 지나가야 했다. 이미 짙푸른 하늘 아래로 언덕은 누르스름한 돌들과 새하얀 수선화로 뒤덮여 있었다. 마리는 방수천 가방을 힘껏 내두르며 꽃잎을 떨어뜨리는 장난을 쳤다. 우리는 초록색과 흰색 울타리를 한 작은 빌라들 사이로 걸어갔다. 어떤 빌라들은 베란다까지 타마리스 나무로 뒤덮여 있었고, 또 어떤 빌라들은 자갈들 위에 덩그러니 서 있었다. 언덕 가에 이르기도 전에, 벌써 잔잔한 바다와 저 멀리 맑은 물속에 잠겨 조는 듯 솟아 있는 거대한 곶 하나가 보였다. 경쾌한 모터 소리가 조용한 대기 속에서 우리가 있는 곳까지 들려왔다. 그리고 저 멀리, 고깃배 한 척이 반짝이는 바다 위로 보일 듯 말 듯 나아가고 있는 게 보였다. 마리가 바위틈에서 아이리스 몇 송이를 꺾었다. 바다로 내려가는 언덕길에서 보니 벌써 몇 사람이 해수욕을 즐기고 있었다.

레몽의 친구는 바닷가 끝에 있는 아담한 목조 별장에서 살고 있었다. 집은 바위를 등지고 있었는데, 전면에서 집을 떠받치고 있는 기둥 아래쪽은 이미 물속에 잠겨 있었다. 레몽이 우리를 소개했다. 그의 친구 이름은 마송이었다. 그는 건장한 타입으로, 키가 크고 어깨도 넓으며, 그의 아내는 작고 통통하고 친절하며 파리 억양을 쓰고 있었다. 그는 곧바로 우리에게 편하게 있으라고 말하며, 그날 아침에 잡은 생선을 튀긴 게 있다고 했다. 나는 그에게 별장이 어쩌면 이렇게 멋지냐고 얘기를 했다. 그는 토요일, 일요일, 그리고 휴가 때마다 이곳에 와서 보낸다고 알려주었다. 그러면서 덧붙여 말했다. "아내가 사람들과 잘 어울리거든요." 마침 그의 아내가 마리와 함께 웃고 있었다. 아마도 처음으로, 난 결혼을 해야겠다는 생각이 진지하게 들었다.

마송은 해수욕을 하고 싶어 했지만 그의 아내와 레몽은 가고 싶어 하지 않았다. 우리 셋은 바닷가로 내려갔고, 마리는 즉시 물속으로 뛰어들었다. 마송과 나는 잠시 기다렸다. 그는 말을 느리게 했는데, 나는 그가 말끝마다 "뿐만 아니라" 라고 덧붙이는 습관이 있다는 걸 알아챘다. 요컨대, 문장의 의미로 보아 아무것도 덧붙일 필요가 없을 때조차도 그랬다. 마리에 대해서도, 그는 "그녀는 아주 멋져요. 뿐만 아니라 매력도 있고요." 하고 말했다. 그 후 나는 햇볕을 쬐는 게 기분이 좋아 거기에 정신이 팔려 있었기 때문에 그의 말버릇엔 더 이상 신경 쓰지 않게 되었다. 발밑에서 모래가 뜨거워지기 시작했다. 나는 물속으로 들어가고 싶은 욕구를 참고 있다가 마침내 마송에게 "들어갈까?" 하고 말하고는 물속으로 뛰어들었다. 마송은 천천히 물속으로 들어가서는 발이 바닥에서 떨어지자 곧바로 몸을 던졌다. 그는 평영으로 헤엄을 쳤는데 좀 서툴러서, 나는 그를 내버려두고 마리에게로 다가갔다. 물이 차가워서 나는 헤엄을 치는 게 기분이 좋았다. 나는 마리와 함께 멀리까지 헤엄쳐 갔는데, 우리는 서로의 몸짓과 만족감 속에서 일체가 되는 걸 느꼈다.

바다 한가운데서, 우리는 그 위에 누웠다. 하늘로 향한 내 얼굴 위로 햇볕이 내리쬐며 입안으로 흘러드는 마지막 물기까지 마르게 했다. 마송은 햇볕을 쬐려고 해변으로 돌아가 누웠다. 멀리서 봐도 그는 엄청 커 보였다. 마리는 나와 함께 헤엄치고 싶어 했다. 내가 그녀 뒤로 가서 허리를 감싸 안자, 그녀는 팔을 내저으며 힘차게 나아갔다. 그동안 나는 계속 발을 차면서 그녀를 도와주었다. 내가 지칠 때까지 우리는 밭은 물소리를 내며 아침 내내 헤엄을 쳤다. 결국 나는 마리를 남겨두고 호흡을 가다듬으며 일정한 속도로 헤엄을 쳐서 물 밖으로 나왔다. 해변으로 가서 나는 마송 옆에 배를 깔고 엎드려 모래 속에 얼굴을 묻었다. 내가 마송에게 "좋았어" 하고 말하자 그도 마찬가지였다고 했다. 잠시 후, 마리가 오고 있었다. 나는 고개를 돌려 그녀가 걸어오는 것을 바라보았다. 그녀는 바닷물에 젖어 온통 미끈거렸고 머리칼은 뒤로 늘어뜨려져 있었다. 그녀는 내 옆에 옆구리를 대고 누웠는데, 그녀의 몸에서 나는 열기와 태양의 열기 때문에 나는 살짝 잠이 들었다.

마리가 나를 흔들어 깨우며, 마송은 집으로 올라갔고, 점심을 먹어야 한다고 말했다. 나는 배가 고파서 즉시 일어났다. 그런데 마리가 아침부터 자기한테 키스 한 번도 해주지 않았다고 말했다. 그건 사실이었고, 나도 그녀와 키스하고 싶었다. "물속으로 들어가" 하고 그녀가 말했다. 우리는 달려가서 첫 번째 작은 파도 속에 몸을 뉘었다. 몇 번 팔을 내저은 다음 그녀가 내게 몸을 바싹 붙였다. 그녀의 다리가 내 다리를 감쌌고, 난 그녀에게 욕망을 느꼈다.

우리가 해변으로 돌아오자 마송이 벌써 우리를 불렀다. 내가 몹시 배가 고프다고 하자, 마송이 대뜸 아내에게, 내가 자기 마음에 든다고 말했다. 빵이 맛있었고, 나는 내 몫의 생선을 허겁지겁 먹었다. 이어서 고기 요리와 감자튀김이 나왔다. 우리는 모두 아무 말 없이 먹기만 했다. 마송은 자주 포도주를 마시며 내게도 계속 따라주었다. 커피를 마시며 난 머리가 약간 무거워 담배를 많이 피웠다. 마송, 레몽, 나, 세 사람은 함께 비용을 분담해, 바닷가에서 8월을 같이 보내기로 의논을 했다. 그런데 마리가 갑자기 말했다. "지금이 몇 시인지 아세요? 열한 시 반이에요." 우리는 모두 놀랐다. 그러나 마송이, 아주 일찍 먹긴 했지만 배 고플 때가 바로 점심시간이기 때문에 그건 자연스런 일이라고 말했다. 왠지는 모르지만 마리는 그 말을 듣고 웃었다. 그녀는 술을 좀 과하게 마셨던 것 같다. 그때 마송이 내게 바닷가를 함께 산책하겠느냐고 물었다. "아내는 점심 후에 항상 낮잠을 자는데, 나는 낮잠을 싫어해요. 나는 걸어야 되거든요. 내가 아내에게 항상, 건강을 위해서는 걷는 게 더 좋다고 말하는데도, 결국은 자기 좋을 대로 하는 거죠 뭐." 마리는 남아서 마송 부인이 설거지하는 걸 돕겠다고 했다. 그 아담한 파리 여자는, 그러면 남자들을 밖으로 내몰아야 한다고 말했다. 우리 셋은 모두 바닷가로 내려갔다.

햇볕이 모래 위로 거의 수직으로 떨어졌고, 바다 위로 반사되는 그 빛은 견디기가 힘들었다. 해변엔 이제 한 사람도 없었다. 언덕을 따라 바다를 굽어보고 있는 작은 별장들 안에서 접시와 포크, 나이프 소리들이 들려왔다. 바닥의 자갈들에서 올라오는 열기 때문에 숨 쉬기가 어려웠다. 우선, 레몽과 마송은 내가 모르는 일들과 사람들에 대해 얘기를 했다. 난 그들이 서로 알고 있고 지낸 지 오래되었고, 한때는 같이 살기도 했다는 것을 알게 되었다. 우리는 바다 쪽으로 가서 해변을 따라 걸었다. 이따금, 잔물결이 더 길게 다가오면서 우리의 운동화를 적시곤 했다. 나는 햇볕이 맨머리 위로 쨍쨍 내리쬐고 있어서 반쯤 졸고 있었기 때문에 아무도 생각도 하지 않았다.

그때 레몽이 마송에게 뭐라고 말을 했는데 잘 들리지 않았다. 하지만 그 순간 난, 우리가 있는 곳에서 아주 멀리 떨어진 바닷가 저쪽 끝에서, 푸른색 작업복 차림을 한 아랍인 두 명이 우리 쪽으로 걸어오고 있는 것을 목격했다. 내가 레몽을 쳐다보자 그가 "저자야." 하고 말했다. 우리는 계속 걸어갔다. 마송은 어떻게 그들이 여기까지 우리를 뒤쫓아 올 수 있었느냐고 물었다. 우리가 비치백을 들고 버스 타는 걸 그들이 보았던 게 틀림없다는 생각이 들었지만, 난 아무 말도 하지 않았다.

아랍인들은 천천히 걸어왔는데, 어느새 훨씬 더 다가와 있었다. 우리는 자세를 바꾸지 않고 계속 걸었다. 레몽이 말했다. "만약 싸움이 벌어지면, 마송 너는 다른 놈을 맡아. 그놈은 내가 맡을게. 뫼르소, 넌 또 다른 놈이 나타나면 그놈을 맡아." 나는 "알았어." 하고 대답했고, 마송은 두 손을 호주머니에 넣었다. 뜨겁게 달궈진 모래가 이제 붉게 보였다. 우리는 아랍인들을 향해 일정한 걸음걸이로 다가갔다. 그들과 우리 사이의 거리가 점점 좁혀졌다. 우리가 서로 몇 걸음 거리까지 다가섰을 때, 아랍인들이 멈춰 섰다. 마송과 나는 느리게 걸어갔다. 레몽은 상대할 놈에게로 곧장 갔다. 그가 아랍 놈에게 뭐라고 말했는지 잘 들리진 않았지만, 상대 놈이 레몽의 얼굴을 머리로 한 방 박을 듯했다. 그러자 레몽이 먼저 주먹을 날리고는 즉시 마송을 불렀다. 마송은 미리 지정받은 놈에게 다가가서 있는 힘을 다해 두 대를 갈겼다. 아랍 놈은 물속으로 얼굴을 처박고 나동그라졌다. 그렇게 잠시 처박혀 있는데,

그의 머리 둘레로 물 표면에 거품이 솟아올랐다. 그러는 동안, 레몽 역시 상대 놈을 후려쳐 놈의 얼굴이 피투성이가 되었다. 레몽이 나를 돌아보며 말했다. "이놈이 어떤 대가를 치르는지 보라고." 내가 그에게 소리쳤다. "조심해. 놈이 칼을 가지고 있어!" 하지만 레몽의 팔은 이미 베였고 입은 찢어지고 말았다.

마송이 앞으로 뛰쳐나갔다. 그러나 다른 아랍 놈이 일어나서는 칼을 가진 그놈 뒤로 가서 자리를 잡았다. 우리는 움직일 엄두도 내지 못했다. 그들은 계속 우리를 쳐다보며 칼로 위협하면서 천천히 뒤로 물러섰다. 그리고 우리와 어느 정도 거리가 떨어졌다 싶을 때, 잽싸게 도망쳐버렸다. 그동안 우리는 햇빛 아래 못 박힌 듯 서 있었고, 레몽은 피가 떨어지는 팔을 꽉 쥐고 있었다.

마송이 그때 얼른, 일요일마다 언덕의 별장에 와서 지내는 의사가 한 명 있다고 말했다. 레몽은 즉시 별장으로 가고 싶어 했다. 그러나 그가 말할 때마다 입안에서 피거품이 일었다. 우리는 그를 부축해 최대한 빨리 별장으로 돌아왔다. 거기서, 레몽은 가벼운 상처라면서, 의사에게 갈 수 있다고 했다. 그는 마송과 함께 떠났고, 나는 남아서 여자들에게 사건을 설명해주었다. 마송 부인은 울었고 마리는 몹시 창백해졌다. 나는 그들에게 설명하는 게 귀찮아졌다. 결국 나는 입을 다물고 바다를 바라보며 담배를 피웠다.

1시 반쯤, 레몽이 마송과 함께 돌아왔다. 그는 팔에 붕대를 감고 입가에는 반창고를 붙이고 있었다. 의사가 그에게 괜찮다고 말했지만, 레몽의 표정은 매우 어두웠다. 마송이 그를 웃기려고 해보았지만 그는 계속 아무 말도 하지 않았다. 레몽이 바닷가로 내려가겠다고 말해서 나는 그에게 어디로 갈 거냐고 물었다. 그는 바람을 쐬고 싶다고 대답했다. 마송과 내가 같이 가겠다고 하자 그는 화를 내며 우리에게 욕을 했다. 그의 기분을 건드리면 안 된다고 마송이 말했다. 그래도 나는 그를 뒤따라갔다.

우리는 오랫동안 바닷가를 걸었다. 햇빛은 이제 짓누르고 있었고, 모래와 바다 위에서 잘게 부서졌다. 나는 레몽이 분명한 목적지가 있다는 느낌이 들었는데, 아마도 아니었던 것 같다. 바닷가 맨 끝에 이르렀을 때, 마침내 우리는 커다란 바위 뒤쪽 모래 속에서 흐르고 있는 작은 샘을 발견했다. 거기서,

우리는 그 아랍 놈들 두 명을 보았다. 놈들은 기름때가 밴 파란색 작업복 차림으로, 누워 있었다. 그들은 마음이 완전히 놓이고 그럭저럭 만족스런 표정이었다. 우리가 다가가도 꿈쩍도 하지 않았다. 레몽을 찌른 놈은 아무 말도 없이 그를 쳐다보았다. 다른 놈은 곁눈으로 우리를 쳐다보며 작은 갈대로 피리를 불고 있었는데, 그 악기가 내는 세 가지 음을 계속 반복하고 있었다.

그러는 동안, 그곳엔 햇빛과 침묵, 그리고 작은 샘물 소리와 갈대피리의 세 가지 음 외에는 아무것도 없었다. 이윽고 레몽이 권총이 들어 있는 주머니에 손을 갖다 댔다. 그러나 상대는 움직이지도 않고 여전히 쳐다보고만 있었다. 나는 피리를 불고 있는 놈의 발가락이 긴장해서 몹시 벌어져 있는 것을 주목했다. 그런데 레몽이 상대 녀석에게서 눈을 떼지 않고 내게 물었다. "놈을 쏠까?" 내가 쏘지 말라고 하면 그는 혼자 흥분해 틀림없이 쏠 거라는 생각이 들었다. 난 그에게 이렇게만 말했다. "놈은 아직 너한테 아무 말 안 했어. 근데도 쏜다면 비겁하겠지." 침묵과 뜨거운 햇볕 속에서 여전히 물소리와 피리 소리가 작게 들렸다. 곧 레몽이 말했다. "그럼 내가 저놈한테 욕을 해서, 저놈이 대꾸할 때 쏴버려야겠어." 내가 대답했다. "그렇지. 하지만 저놈이 칼을 꺼내지 않으면, 너도 쏘아선 안 돼." 레몽은 약간 흥분하기 시작했다. 다른 한 놈은 계속 피리를 불고 있었지만, 둘 다 레몽의 행동 하나하나를 주시하고 있었다. "안 돼." 내가 레몽에게 말했다. "남자 대 남자로 대해. 그리고 권총은 나한테 줘. 만약 다른 놈이 끼어들거나 저놈이 칼을 꺼내 들면, 내가 저놈을 쏘아버릴 테니까."

레몽이 내게 권총을 주었을 때, 햇빛이 그 위에서 미끄러졌다. 그렇지만 우리는 마치 우리를 둘러싼 모든 것이 닫혀버린 것처럼 여전히 꼼짝도 않고 있었다. 우리는 눈도 깜박거리지 않고 서로를 응시했고, 모든 것이 거기서 멈춰 있었다. 바다, 모래, 태양, 피리 소리와 물소리마저 들리지 않는 적막 사이에서. 그 순간 나는 권총을 쏠 수도 있고 쏘지 않을 수도 있겠다는 생각이 들었다. 그런데 갑자기 아랍 놈들이 뒷걸음질을 치더니, 바위 뒤로 도망쳐버렸다. 그래서 우리는 갔던 길을 되돌아왔다. 레몽은 기분이 좀 나아 보였고, 돌아갈 버스에 대해 얘기를 했다.

나는 그와 함께 별장까지 갔다. 그리고 그가 나무계단을 올라가는 동안 나는 첫 번째 계단 앞에 그냥 서 있었다. 햇빛 때문에 현기증이 난 데다, 나무계단을 올라가서, 또다시 여자들과 마주쳐야 하는 노고를 생각하자 의욕이 나지 않았다. 그러나 눈앞이 안 보일 정도로 하늘에서 쏟아져 내리는 끔찍한 햇빛 아래 그대로 서 있는 것도 고통스럽기는 마찬가지였다. 거기 서 있거나 떠나거나, 결국 매한가지였다. 잠시 후, 나는 다시 바닷가 쪽으로 돌아서서, 걷기 시작했다.

모든 것은 여전히 붉게 타오르고 있었다. 모래 위로, 바다가 숨 막히도록 급하게 작은 물결을 토해내며 가쁜 숨을 헐떡거렸다. 나는 바위 쪽으로 천천히 걸어갔는데, 햇빛 아래서 머리가 터질 듯 부풀어 오르는 느낌이었다. 이 모든 열기가 나를 짓누르고 내 걸음을 막아섰다. 얼굴 위로 무더운 바람이 느껴질 때마다, 나는 이를 악물고, 바지 주머니 속에서 주먹을 꽉 쥐고는, 햇볕이 퍼부어대는 모호한 취기를 이겨내려고 바짝 긴장했다. 모래와 하얀 조개껍데기 또는 유리 조각에서 솟구쳐 오르는 빛이 칼날처럼 번득일 때마다, 나는 턱이 부르르 떨렸다. 나는 한참을 걸었다.

멀리 햇빛과 바다의 안개가 만들어낸 눈부신 햇무리에 둘러싸인 작고 거무스름한 바위 덩어리가 보였다. 나는 바위 뒤에 있는 그 차가운 샘물 생각이 났다. 샘물에서 나는 졸졸거리는 소리가 다시 듣고 싶었고, 태양과 계단을 오르는 노고, 그리고 여자들의 눈물로부터 도망치고 싶었으며, 그늘과 휴식을 되찾고 싶었다. 그러나 더 가까이 다가갔을 때, 나는 레몽을 해쳤던 그놈이 다시 돌아와 있는 것을 보았다.

놈은 혼자였다. 그는 등을 대고 누워서, 두 손은 목덜미 아래로 끼고, 머리는 바위 그늘 속에 넣고는, 온몸에 햇볕을 쪼이고 있었다. 그의 파란색 작업복에서는 열기 때문에 김이 오르고 있었다. 나는 조금 당황했다. 나에겐 이미 끝난 일이었기 때문에, 그런 건 생각지도 않고 그곳에 갔었던 것이다.

그는 나를 보자마자, 몸을 조금 일으키고는 호주머니에 손을 넣었다. 물론 나도 윗도리에 들어 있는 레몽의 권총을 움켜잡았다. 그때 다시, 놈이 뒤로 누워버렸는데, 손은 호주머니에서 꺼내지 않고 있었다. 나는 그에게서 좀 멀리, 10미터쯤 떨어져 있었다. 나는 반쯤 감긴 그의 눈꺼풀 사이에서 이따금 그의 시선을 알아챌 수 있었다. 그러나 대체로, 그의 모습은 내 눈앞의 타오르는 대기 속에서, 춤추듯 흔들려 보였다. 파도

소리는 정오 때보다 한결 더 완만하고 더 평온했다. 그곳엔 같은 태양과, 길게 펼쳐져 있는 같은 모래 위에 같은 햇빛이 내리쪼이고 있었다. 하루가 더 이상 나아가지 않고 멈춘 지 두 시간이 지났고, 끓어오르는 금속의 대양 안에 그 닻을 내린 지도 벌써 두 시간이 지났다. 수평선 위로 작은 증기선 한 척이 지나갔는데, 내 시선 한쪽으로 보이는 검은 얼룩을 보고 짐작했던 것이다. 난 그 아랍인에게서 한시도 눈을 떼지 않고 있었다.

내가 뒤로 돌아서기만 하면 끝날 거라고 나는 생각했다. 그러나 햇빛에 펄펄 끓는 모래밭이 뒤에서 나를 짓눌렀다. 나는 샘물 쪽으로 몇 걸음 걸어갔다. 아랍 놈은 움직이지 않고 그대로 있었다. 어쨌든 그놈은 아직 좀 떨어진 곳에 있었다. 그의 얼굴 위로 내려앉은 그늘 때문인지, 놈은 웃고 있는 것처럼 보였다. 나는 기다렸다. 뜨거운 햇빛 때문에 뺨이 타는 듯했고, 땀방울이 눈썹에 맺히는 게 느껴졌다. 태양은 엄마를 묻었던 그날과 똑같은 것이었다. 그날처럼 특히 난 머리가 아팠고, 모든 핏줄이 살갗 밑에서 동시에 요동을 쳤다. 뜨거운 열기 때문에 더 이상 견딜 수가 없어, 나는 앞으로 조금 나섰다. 그것이 바보 같은 짓이며, 한 걸음을 옮겨 간다고 해서 햇볕을 벗어날 수 없다는 걸 난 알고 있었다. 그래도 나는 앞으로 한 걸음을, 꼭 한 걸음을 내디뎠다. 그러자 아랍 놈이 이번엔 몸을 일으키지 않고 칼을 꺼내 햇빛 속에서 나를 겨누었다. 빛이 단검 위에 부딪치자 번쩍거리는 긴 칼날이 내 이마에 와서 꽂히는 것만 같았다. 동시에, 눈썹에 맺힌 땀방울이 단번에 눈꺼풀 위로 흘러 떨어지며, 미지근하고 두꺼운 막이 되어 눈을 가려 버렸다. 내 눈은 눈물과 소금의 장막에 가려 아무것도 보이지 않았다. 나는 이제 이마 위에서 울리는 태양의 심벌즈와, 여전히 내 앞에 있는 칼에서 솟아오른 눈부신 칼날만이 희미하게 느껴질 뿐이었다. 그 뜨거운 칼날은 내 속눈썹을 파고들어 고통스러운 내 두 눈을 후벼 팠다. 모든 것이 흔들린 건 바로 그때였다. 바다로부터 후텁지근하고 뜨거운 바람이 실려 왔다. 하늘은 활짝 열려 불길을 쏟아내는 것처럼 보였다. 나는 온몸이 긴장돼 권총을 꽉 그러쥐었다. 방아쇠가 당겨졌고, 권총자루의 매끄러운 배가 만져졌다. 그리고 바로 그때, 둔탁하고 귀를 먹게 하는 소음 속에서, 모든 것은 시작되었다. 나는 땀과 태양에서 해방되었다. 난 한낮의 균형과, 행복했었던 바닷가의 그 예외적인 침묵을 내가 깨뜨렸다는 사실을 알았다. 이어서, 나는 뻣뻣해진 그 몸뚱이 위에다 네 발을 더 쏘았다. 총탄들은 보이지도 않고 박혀버렸다. 그건 내가 불행의 문을 두드린 짧은 네 번의 소리였다.

2부

I

체포되자마자 나는 수차례 심문을 받았다. 그러나 그건 신원 확인을 위한 심문이었으므로 오래 걸리지는 않았다. 처음에 경찰서에서는, 아무도 내 사건에 흥미를 갖지 않는 것 같았다. 일주일 후, 예심판사는 반대로, 나에게 호기심을 갖고 대했다. 그러나 우선 그는 내 이름과 주소, 직업, 생년월일 그리고 출생지만을 물었다. 그러고는 내가 변호사를 선임했는지 알고 싶어 했다. 나는 하지 않았다고 밝히며, 변호사가 꼭 필요한 것인지 궁금해서 그에게 질문을 했다. "왜요?" 그가 물었다. 나는 내 사건이 매우 단순하게 보인다고 대답했다. 그가 웃으며 말했다. "그렇게 생각할 수도 있죠. 하지만 법이 있으니까요.

당신이 변호사를 선임하지 않으면 우리가 관선 변호사를 지정할 겁니다." 사법기관이 이런 세부사항까지 맡아주니 참 편리하다는 생각이 들었다. 그래서 판사에게 그 말을 말했다. 그는 내 생각에 동의하며 법이 잘 만들어져 있다고 말을 맺었다.

처음에 나는 그를 심각하게 대하지 않았다. 그는 나를 커튼이 쳐진 방으로 들어오게 했는데, 그의 책상 위에 있는 단 하나의 램프는 안락의자를 비추고 있었다. 그는 내게 그 안락의자에 앉게 했고, 자신은 어두운 곳에 있었다. 나는 여러 책들 속에서 이와 비슷하게 묘사한 것을 읽은 적이 있었기 때문에, 이 모든 것이 나에겐 장난처럼 보였다. 대화가 끝난 후엔, 반대로 내가 그를 쳐다보았는데, 그는 섬세한 윤곽에 깊고 푸른 눈과 큰 키, 그리고 잿빛 긴 콧수염에 숱이 많은 거의 반백의 머리칼을 하고 있었다. 그는 매우 분별 있어 보였고, 입을 삐죽거리는 신경질적인 버릇이 좀 있긴 했지만, 그래도 호감을 주는 인상이었다. 방을 나오면서 나는 심지어 그에게 손을 내밀려고 했는데, 바로 그때, 내가 한 사람을 죽였다는 사실이 떠올랐다.

다음 날, 변호사 한 사람이 나를 보러 교도소로 왔다. 그는 작고 통통한 체격에 좀 젊은 사람으로, 머리칼을 정성스럽게 빗어 넘기고 있었다. 더위에도 불구하고(나는 긴 소매 셔츠 차림이었다) 그는 짙은 색 양복을 입고, 끝이 접힌 칼라가 달린 셔츠에, 검은색과 흰색의 넓은 줄무늬가 있는 묘한 넥타이를 매고 있었다. 그는 겨드랑이에 끼고 온 서류가방을 내 침대 위에 내려놓고는, 자기 소개를 하며 내 서류를 검토해보았다고 했다. 그는 내 사건이 까다롭긴 하지만, 내가 자기를 신뢰해준다면 재판에서 이길 것을 의심하지 않는다고 말했다. 내가 고맙다고 하자 그가 말했다. "의제의 핵심으로 들어갑시다."

그는 침대 위에 앉더니, 내 사생활에 관한 몇 가지 정보를 수집했다고 설명했다. 내 어머니가 최근에 양로원에서 사망했다는 것을 알아냈고, 그래서 마랑고에서 조사를 했다는 것이었다. 예심판사들은 엄마의 장례식 날 "내가 냉정한 태도를 보였다"는 것을 알게 되었다고 했다. 내 변호사가 말했다. "당신한테 이런 걸 묻기가 좀 곤혹스럽지만 이해해주세요. 매우 중요한 문제입니다. 만약 내가 변론할 것을 아무것도 찾아내지 못하면, 기소를 하는 데 있어 중대한 논거가 될 테니까요." 그는 내가 자기에게 협조해줄 것을 원했다. 그는 내게 엄마의 장

레식 날 혹시 슬펐느냐고 물었다. 그 질문은 나를 몹시 놀라게 했다. 만약 나도 그걸 질문해야 했다면 무척 곤혹스러웠을 것 같았다. 그렇지만, 나는 자문하는 습관을 좀 잃어버려서, 그걸 알려주기가 나로서는 어렵다고 대답했다. 물론 나는 엄마를 사랑했지만 그건 아무런 의미도 없다. 정상적인 사람이라면 누구나 자기가 사랑하는 사람의 죽음을 어느 정도는 바라기도 한다. 그때 변호사가 몹시 흥분한 표정으로 내 말을 가로막았다. 그는 나에게 심리를 받을 때든 예심판사 앞에서든 그런 말은 하지 않겠다는 약속을 하라고 했다. 하지만, 나는 내 육체적인 욕구에 의해 때로는 나의 감정이 혼란스럽게 되는 그런 기질이 있다고 그에게 설명했다. 엄마를 묻던 날, 나는 몹시 피곤해 졸음이 쏟아졌다. 그래서 무슨 일이 어떻게 돌아가는지 도무지 알지 못했다. 내가 분명히 말할 수 있는 건, 엄마가 죽지 않았더라면 더 좋았을 것이라는 사실이다. 그러나 내 변호사는 만족한 기색이 아니었다. 그가 말했다. "그건 충분치 못해요."

그는 곰곰이 생각하더니, 그날 내가 자연스런 내 감정을 누르고 있었다고, 자기가 말해도 되겠느냐고 물었다. "아니요.

그건 틀린 말이니까요." 내가 말했다. 그는 마치 나에게 좀 혐오감을 느낀 듯 이상한 눈으로 쳐다보았다. 그는 나에게 거의 신랄한 말을 했는데, 어쨌든 양로원의 원장과 직원이 증인으로 채택될 것이고, "그러면 나에게 몹시 불리한 상황이 펼쳐질 수 있다."는 것이었다. 나는 그에게 이런 이야기는 내 사건과 아무런 관련이 없다고 지적했지만, 그는 내가 사법기관과 한 번도 관련을 가져본 적이 없었던 게 분명하다고, 그렇게만 대답했다.

그는 화가 난 얼굴로 나가버렸다. 나는 그를 붙잡고, 그의 호감을 얻고 싶다고, 잘 변호받기 위해서가 아니라, 이를테면 자연스럽게 그럴 수 있기를 바란다고, 그에게 설명하고 싶었다. 무엇보다 내가 그를 불편하게 만들었다는 걸 난 알고 있었다. 그는 나를 이해하지 못하고 오히려 좀 원망하고 있었다. 나는 다른 사람들과 같다고, 완전히 같다고, 그에게 증명해 보이고 싶었다. 그러나 그 모든 것이 결국은 별 소용이 없고, 귀찮아서, 나는 증명하는 걸 포기하고 말았다.

얼마 후, 나는 다시 예심판사 앞으로 불려갔다. 오후 2시였는데, 이번에 그의 사무실은 얇은 커튼으로 겨우 누그러진 햇빛이 가득 차 있었다. 몹시 더운 날씨였다. 그는 나를 앉게 하고는, 매우 정중한 태도로, 내 변호사가 "예기치 못한 일이 생겨서" 올 수 없었다고 말했다. 그러면서 내가 자신의 심문에 묵비권을 행사하며 내 변호사가 배석할 수 있을 때까지 기다릴 권리가 있다고 했다. 나는 혼자서도 답변할 수 있다고 말했다. 그는 탁자 위의 버튼을 손가락으로 눌렀다. 젊은 서기가 들어와 내 등 뒤에 바짝 붙어 앉았다.

우리 두 사람은 모두 팔걸이의자에 편히 앉았다. 심문이 시작되었다. 그는 먼저, 사람들이 나에 대해 말수가 적고 내성적인 성격이라고 얘기하고 있다면서, 그 점에 대해 내가 어떻게 생각하는지를 알고 싶어 했다. "언제나 별로 말할 게 없어서 그렇습니다. 그래서 말을 안 하는 거죠." 내가 대답했다. 첫 번째 심문 때처럼 그는 웃으며, 가장 좋은 이유라고 인정하면서 덧붙여 말했다. "하긴, 그건 전혀 중요한 문제도 아니에요." 그는 말을 중단하고 나를 바라보았다. 그리고 갑자기 다시 몸을 일으키고는 재빨리 말했다. "흥미로운 건 바로 당신입니다." 나는 그가 무슨 의미로 한 말인지 잘 이해를 못해, 아무 대답도 하지 않았다. 그가 덧붙여 말했다. "당신의 태도에는 내가 이해할 수 없는 점들이 있어요. 난 당신이 내가 그것들을 이해하도록 도와주리라 믿습니다." 난 모든 게 매우 단순하다고 대답했다. 판사는 그날 하루 동안 일어났던 일들을 되짚어달라고 나를 압박했다. 나는 그에게 이미 얘기했던 것을 되짚어 말했다. 레몽, 바닷가, 해수욕, 싸움, 다시 바닷가, 작은 샘물, 태양, 그리고 다섯 번의 권총 발사. 한 문장이 끝날 때마다 그는 "좋아. 좋아." 하고 말했다. 놈이 뻗어버린 것까지 얘기를 마쳤을 때, 판사는 "됐어요." 하고 말하며 격려를 했다. 나로서는 그렇게 똑같은 이야기를 반복하는 데 지쳐버렸다. 이제까지 난 그렇게 말을 많이 해본 적이 없었던 것 같다.

그는 잠시 아무 말이 없다가 자리에서 일어서더니, 자기는 나를 돕고 싶으며, 나에게 흥미가 있다고 말했다. 그리고 하느님의 도움으로 나를 위해 뭔가를 하겠다는 말도 했다. 하지만 먼저, 그는 내게 몇 가지 질문을 더 하고 싶어 했다. 그는 갑자기 내게, 엄마를 사랑했느냐고 물었다. 내가 말했다. "네, 모든 사람들과 마찬가지로요." 그때까지 규칙적으로 타이핑을 하고 있던 서기가 키를 잘못 눌렀는지, 당황해 하며 다시 고쳐 써야 했다. 그러자 판사가 내게, 여전히 뚜렷한 논리도 없이, 권총

다섯 발을 연달아 쏘았느냐고 물었다. 나는 잠시 생각한 다음, 우선 한 발을 쏘았고, 몇 초 후에 나머지 네 발을 쏘았다고 정확히 설명했다. "왜 첫 번째와 두 번째 발사 사이에 기다렸었죠?" 판사가 물었다. 다시 한번 붉은 바닷가가 눈앞에 펼쳐지며, 이글거리는 태양이 이마 위로 느껴졌다. 난 이번엔 대답하지 않았다. 한동안 침묵이 이어지자, 판사는 불안해 하는 기색이었다. 그는 자리에 앉아 책상에 팔꿈치를 괴고 머리를 마구 헝클더니, 이상한 표정을 하며 내 쪽으로 약간 몸을 기울였다. "왜, 왜 당신은 쓰러져 있는 몸에 총을 쏜 겁니까?" 그때 또다시, 나는 어떻게 대답해야 할지 몰랐다. 판사는 두 손으로 이마를 감싸며 약간 변한 목소리로 질문을 반복했다. "왜죠? 그걸 말해야 돼요. 왠가요?" 나는 여전히 입을 다물고 있었다.

별안간 그가 자리에서 일어나 사무실 구석으로 성큼성큼 걸어가더니 캐비닛의 서랍을 열었다. 그는 거기서 은 십자고상을 꺼내 휘두르며 내 쪽으로 돌아왔다. 그리고 완전히 변해 거의 부들부들 떠는 목소리로 소리를 질렀다. "당신 이 사람을 아십니까, 이 사람 말이에요?" 나는 "네, 물론이죠." 하고 대답했다. 그러자 그는 열렬한 말투로 매우 빠르게, 자신은 하느님을 믿고 있으며, 자신의 신념에 의하면, 하느님께 용서받지 못할 죄인은 한 사람도 없지만, 그러기 위해서는 회개를 하여 어린아이의 영혼처럼 비어 있는 마음으로 모든 것을 받아들일 준비가 되어 있어야 한다고 말했다. 그는 온몸을 탁자 위로 기울이고는, 그 십자고상을 내 머리 위에 대고 흔들어댔다. 솔직히 말해, 나는 그의 논리를 따라가기가 매우 힘들었다. 왜냐하면 우선 날씨가 무더운데다, 사무실 안에 큰 파리들이 날아다니며 내 얼굴에 달라붙었고, 그리고 또 그의 태도가 약간 무서웠기 때문이다. 동시에 난 그게 우스운 짓이라는 걸 깨달았는데, 결국 나는 범죄자였기 때문이다. 그는 계속해서 말했다. 내가 대충 이해한 것은, 그가 생각하기로 내 자백 가운데 모호한 점이 꼭 한 가지 있는데, 그건 내가 두 번째 방아쇠를 당기기 전에 기다렸다는 사실이다. 나머지는 아주 좋았지만, 그 부분은 이해가 안 된다는 것이었다.

나는 그에게 고집 부리는 것은 잘못이라고 말하려 했다. 말하자면 그 점은 그리 중요하지 않다고 말하고 싶었다. 그러나 그는 내 말을 자르고 벌떡 일어서더니, 나에게 하느님을 믿느냐고 물으면서, 마지막으로 한 번 더 권고했다. 나는 아니라고 대답했다. 그는 격분한 태도로 자리에 앉았다. 그러면서 내게, 그건 불가능하며, 모든 사람들은 하느님을 믿고, 하느님 앞에서 멀어진 사람조차도 하느님을 믿는다고 말했다. 그것이 바로 그의 신념이었고, 그걸 만약 조금이라도 의심하게 된다면 자신의 삶은 더 이상 의미가 없을 거라고 했다. "당신은 내 삶이 무의미해지기를 바랍니까?" 그가 고함을 쳤다. 내 생각에, 그건 나와 아무런 상관이 없었다. 그래서 그렇다는 얘기를 그에게 했다. 그는 이제 탁자 너머로 십자가에 매달린 그리스도상을 내 눈앞에 들이대고 미친 듯이 소리를 질러댔다. "나는 기독교인이야. 나는 이분께 네 죄를 사해달라고 빌고 있어. 넌 어떻게 그리스도가 너를 위해 고통을 당하셨다는 것을 믿지 않을 수 있는 거지?" 나는 그가 나에게 반말을 했다는 걸 알아차렸지만 이제는 넌덜머리가 났다. 더위는 점점 심해지고 있었다. 듣고 싶지 않은 이야기를 지껄여대는 사람에게서 벗어나고 싶을 때 언제나 해왔듯, 나는 수긍하는 척했다. 놀랍게도 그가 득의만만하게 말했다. "거봐, 보라고, 너도 하느님을 믿고 그분께 의지할 거잖아, 그렇지?" 당연히, 나는 한 번 더 아니라고 말했다. 그는 의자에 다시 주저앉았다.

그는 몹시 피곤해 보였다. 그가 잠시 침묵하고 있는 동안 계속해서 우리의 대화를 따라왔던 타자기는 마지막 문장을 아직 더 치고 있었다. 그러고 나자, 판사는 좀 슬픈 표정으로 나를 주의 깊게 쳐다보았다. 그가 중얼거렸다. "나는 당신처럼 무정한 영혼은 본 적이 없어요. 내 앞에 불려온 범죄자들은 모두들 이 고난의 형상 앞에서 눈물을 흘렸거든요." 그건 바로 그들이 범죄자이기 때문이었다고 나는 대답하려 했다. 하지만 나 또한 그들과 같다는 생각이 들었다. 그것은 나로서는 익숙해질 수 없는 생각이었다. 그때 판사가 일어섰는데, 마치 심문이 끝났다는 걸 알리는 것 같았다. 그는 다만 내게, 여전히 지친 표정으로, 내가 한 행동을 후회하느냐고 물었다. 나는 잠시 생각해보고 나서, 사실 후회라기보다는 좀 귀찮은 생각이 든다고 말했다. 그는 나를 이해하지 못한 것 같았다. 하지만 그날은 상황이 더 이상 진전되지 않았다.

그 후 나는 그 예심판사를 자주 만났다. 다만 그때마다 내 변호사가 동행을 했는데, 앞서 내가 했던 진술의 어떤 점들을 명확히 하는 정도에 그쳤다. 또는 판사가 내 변호사와 함께 불리한 증거에 대해 토론을 했다. 그러나 사실 그때 두 사람은 나에게 전혀 관심을 두지 않았다. 어쨌든 심문의 방식이 점차 달라졌다. 판사는 나에게 더 이상 흥미를 느끼지 못하고, 내 사건을 나름대로 정리해버린 것 같았다. 그는 내게 더 이상 하느님에 대해 말하지 않았고, 첫날 그랬던 것처럼 두 번 다시 흥분하는 모습도 보이지 않았다. 결과는, 우리의 대화가 더 다정해졌다는 것이다. 몇 가지 질문, 내 변호사와 약간의 대화, 그러면 심문은 끝났다. 판사의 표현을 그대로 빌리면, 내 사건은 순조롭게 진행되고 있었다. 또한 가끔 대화가 일반적인 것들일 때는, 나도 거기에 끼어주곤 했다. 나는 한숨을 돌렸다. 그때는 아무도 나에게 함부로 대하지 않았다. 모든 게 너무나 자연스럽고, 너무나 순조롭게 해결되며, 너무나 소박하게 진행되어서, 나는 마치 '가족의 일원이 된 것' 같은 어처구니없는 느낌마저 들었다. 예심이 진행된 지 11개월 후에는, 판사가 그의 사무실 문까지 나를 배웅해주며 내 어깨를 치면서 "오늘은 끝났어요, 반그리스도인 선생." 하고 다정한 얼굴로 말해주던, 그 드문 순간들을 다른 어떤 것보다 내가 즐기고 있었다는 사실에 스스로 놀랄 지경이었다. 그러고 나면 나는 헌병의 손에 넘겨지곤 했다.

II

결코 말하고 싶지 않은 일들도 있었다. 감옥에 들어와 며칠이 지났을 때 나는 내 삶의 이 부분에 대해서는 말하고 싶지 않을 거라는 걸 깨달았다.

얼마 후, 나는 그런 거리낌이 더 이상 중요하지 않다고 생각했다. 사실, 처음 며칠 간은 내가 감옥에 있다는 걸 실감하지 못했다. 나는 막연히 어떤 새로운 사건을 기다리고 있었다. 그 모든 것은, 처음이자 단 한 번뿐이었던 마리의 방문 이후에야 시작되었다. 내가 그녀의 편지를 받은 날(그녀는 자신이 내 아내가 아니기 때문에 더 이상 면회가 허락되지 않는다고 말했다)부터, 바로 그날부터, 나는 감방이 바로 내 집이며, 내 삶은 여기서 멈췄다는 걸 느끼게 되었다. 체포되던 날, 처음에 나는 이미 여러 명의 죄수들이 있는 방에 감금되었는데, 그들 대부분은 아랍인들이었다. 그들은 나를 보며 웃었다. 그러고는 내게 무슨 짓을 했느냐고 물었다. 내가 아랍인 한 명을 죽였다고 대답하자 그들은 조용히 있었다. 잠시 후, 어둠이 내려앉았다. 그들은 내게 잠잘 돗자리를 어떻게 펴야 하는지 설명해주었다. 한쪽 끝을 둘둘 말아서 그걸 베개로 쓸 수도 있었다. 밤새도록 빈대들이 내 얼굴 위로 기어 다녔다. 며칠 후 나는 독방에 격리되었고, 거기선 판자침대 위에서 자게 되었다. 방엔 변기통과 양철 대야가 있었다. 감옥은 도시의 가장 높은 곳에 있으므로, 작은 창문을 통해 바다를 볼 수 있었다. 어느 날 내가 철창에 매달려 햇빛 쪽으로 얼굴을 내밀고 있는데, 간수가 들어오더니 나에게 면회객이 있다고 말했다. 나는 마리라고 생각했다. 그녀가 맞았다.

나는 면회실로 가기 위해 긴 복도를 따라가 층계를 지난 다음 마지막으로 또 다른 복도를 걸어갔다. 그리고 넓은 창으로 빛이 들어와 환하게 밝은 큰 방으로 들어갔다. 방은 세로로 나누는 두 개의 커다란 철책에 의해 세 부분으로 나뉘어 있었다. 두 철책 사이에 면회객과 수감자들을 떼어놓는 8내지 10미터의 공간이 있었다. 마리가 그을린 얼굴로 줄무늬 옷을 입고 내 건너편에 있는 게 보였다. 내 쪽으로는 열 명쯤의 죄수들이 있었는데, 대부분 아랍인들이었다. 마리 주위엔 무어인들이 있었으며, 그녀는 두 명의 면회객 사이에 있었다. 한 명은 입을 꼭 다물고 검은색 옷을 입은 키 작은 노파였고, 또 한 명은 머리에 아무것도 쓰지 않은 뚱뚱한 여자였는데 요란한 몸짓을 하며 큰소리로 말을 했다. 철책들 사이가 멀어서 면회객들과 수감자들은 큰소리로 말을 해야만 했다. 면회실 안으로 들어서자, 아무것도 없는 큰 벽에 부딪쳐 울리는 소란스런 목소리와 하늘에서 곧바로 유리창 위로 쏟아져 내려 방 안에 가득 퍼져 있는 강렬한 햇빛 때문에 나는 현기증이 일었다. 내 독방은 그보다 더 조용하고 더 어두웠다. 적응하는 데 약간의 시간이 필요했다. 그러다 마침내 환한 햇빛 속으로 드러난 각 얼굴들이 분명히 보였다. 간수 한 사람이 두 철책 사이의 복도 끝에 자리 잡고 앉아 있었다. 대부분의 아랍인 수감자들과 그들의 가족들은 서로를 마주 보며 쭈그리고 앉아 있었다. 그들은 소리를 지르지 않았다. 주위의 소란에도 불구하고 그들은 조용히 말하며 서로의 대화를 이어가고 있었다. 쭈그리고 앉은 곳에서 올라오는 그들의 어렴풋한 중얼거림은 그들 머리 위에서 서로 교차하는 대화들에 지속적인 베이스를 형성하고 있었다. 그 모든 걸 난 마리 쪽으로 걸어가면서 재빨리 파악했다. 이미 철책에 바짝 달라붙어 있던 그녀는 온 힘을 다해 나에게 미소를 지어 보였다. 나는 그녀가 매우 아름답다고 생각했지만 그런 말을 할 수는 없었다.

"어때?" 그녀가 큰소리로 물었다. "어떻긴, 이렇지." "괜찮아? 필요한 건 다 있고?" "그래, 다 있어."

우리는 말을 멈췄고, 마리는 계속 미소를 짓고 있었다. 그 뚱뚱한 여자가 내 옆의 남자에게 소리를 질렀는데, 남편인 것 같은 그 남자는 선량한 눈빛에 키가 크고 금발이었다. 대화가 한마디 시작되더니 그들은 계속 말을 이어갔다.

"잔느가 그를 맡고 싶어 하지 않았어." 여자가 목청껏 소리를 질렀다. "그래, 그래." 남자가 대꾸했다. "당신이 나오면 그를 다시 맡을 것 같다고 내가 말했는데도, 그녀는 그를 맡고 싶어 하지 않았어."

마리도 그쪽에서, 레몽이 내게 인사를 전했다고 큰 소리로 말했다. 난 "고마워." 하고 말했다. 그러나 내 목소리는 내 옆 남자가 "그는 잘 지내냐" 고 묻는 목소리에 묻히고 말았다. 그의 아내가 웃으며 "그는 더할 나위 없이 잘 지낸다"고 말했다. 내 왼쪽 남자는 키가 작고 손가락이 가느다란 젊은이였는데, 그는 아무 말도 하지 않았다. 가만 보니 그는 작은 노파 정면에 있었는데, 두 사람은 서로 뚫어지게 쳐다만 보고 있었다. 그러나 나는 그들을 더 오래 지켜볼 시간이 없었다. 마리가 내게 희망을 가져야 한다고 소리쳤기 때문이다. 나는 "알았어." 하고 말했다. 그녀를 바라보면서 난 그녀의 옷 위로 어깨를 껴안고 싶은 욕구를 느꼈다. 그 얇은 천을 느껴보고 싶었는데, 그것 외에 무엇을 희망해야 할지 난 정말 알 수가 없었다. 마리가 계속 미소를 짓고 있는 것으로 보아, 그녀가 말하고 싶은 것도 분명 그것이었던 것 같다. 난 그녀의 반짝이는 이와 눈의 잔주름밖에는 아무것도 보이지 않았다. 그녀가 다시 외쳤다. "석방될 거야, 우린 결혼할 거고!" 난 "그렇게 생각해?" 하고 대답했지만 딱히 할 말이 없었기 때문이었다. 그러자 마리가 재빨리 그리고 여전히 높은 목소리로, 그렇다고 말하고는, 내가 석방되면 또다시 해수욕을 하러 가자고 했다. 그런데 다른 여자가 그쪽에서 소리를 지르며 서무과에 바구니를 하나 놔두었다고 말했다. 그녀는 바구니 안에 넣어둔 모든 것을 하나하나 열거했다. 그리고 모두 다 비싼 것이므로 꼭 확인해야 한다고 말했다. 내 옆에 있는 젊은이와 그의 어머니는 여전히 서로를 바라보고 있었다. 아랍인들이 웅얼거리는 소리가 우리 밑에서 계속 이어지고 있었다. 밖에서는 햇빛이 유리창에 부딪쳐 부풀어 오르는 것 같았다.

나는 몸이 좀 좋지 않아 나가고 싶었다. 소음 때문에 고통스러웠다. 그러나 한편으로는 마리가 있어서 좀 더 머무르고 싶었다. 시간이 얼마나 지났는지 모르겠다. 마리는 자기의 일에 대해 얘기했는데, 줄곧 웃고 있었다. 속삭이는 소리, 외치는 소리, 말하는 소리들이 서로 교차하고 있었다. 내 옆에서 서로 마주 보고 있는 키 작은 청년과 그 노파만이 침묵의 외딴섬 안에 있었다. 아랍인들이 하나씩 끌려 나갔다. 첫 번째 사람이 나가자마자 거의 모든 사람들이 입을 다물었다. 그 작은 노파가 철책으로 바짝 다가섰고, 바로 그때 간수가 노파의 아들에게 신호를 했다. 그 청년이 "안녕히 가세요, 엄마." 하고 말하자 노파는 두 철책 사이로 손을 뻗어 아들에게 오랫동안 천천히 흔들었다.

노파가 나가는 동안 한 남자가 손에 모자를 들고 들어와 자리를 잡았다. 수감자 하나가 불려 들어오자 두 사람은 활기하게, 그러나 목소리를 낮춰 대화를 나눴다. 면회실이 다시 조용해졌기 때문이다. 내 오른쪽 남자가 불려나갈 때 그의 아내는 더 이상 소리칠 필요가 없다는 걸 알아차리지 못했다는 듯이 목소리를 낮추지 않고 말했다. "건강 유의하고, 조심해." 이어서 내 차례가 왔다. 마리가 내게 키스하는 손짓을 했다. 나는 떠나기 전에 뒤를 돌아보았다. 그녀는 얼굴을 철책에 딱 붙이고 여전히 어색하게 굳어진 미소를 지으며 꼼짝도 않고 그대로 있었다.

그녀가 내게 편지를 보내온 것은 그 얼마 후였다. 그리고 바로 그때부터 내가 절대 말하고 싶지 않은 그 일들이 시작되었다. 어쨌든 무슨 일이든 과장은 하지 말아야 되는데, 그건 다른 사람들보다 내게는 더 쉬운 일이었다. 그럼에도 수감되었던 초기에 가장 힘들었던 것은, 내가 자유로운 사람의 사고를 갖고 있었다는 점이다. 예를 들어, 해변으로 가서 바닷속에 들어가고 싶은 욕망이 나를 사로잡았다. 발바닥 밑에서 느껴지던 첫 파도 소리와 바닷속에 몸을 담그는 것, 그리고 거기서 느꼈던 해방감을 떠올릴 때마다, 나는 문득 감방의 벽들이 얼마나 나를 압박했던가를 느끼곤 했다. 그 느낌은 몇 달 간 계속되었다. 그런 다음엔 내가 수감자라는 생각밖에 들지 않았다. 나는 매일 교도소 안마당에서 하는 산책이나 내 변호사의 방문을 기다렸다. 나머지 시간은 매우 잘 조절을 했다. 그래서 만약 내가 마른 나무둥치 속에 갇혀 살게 되어서, 머리 위로 꽃이 보이는 하늘을 바라보는 것밖에 다른 할 일이 없다 하더라도, 그런 생활에 차츰 적응해갈 수 있을 거라는 생각을 이따금 하곤 했다. 나는 새들이 지나가는 것이나 구름이 만나는 것을 기다렸을 것이다. 그건 마치 여기서 내 변호사의 기묘한 넥타이를 기다리거나, 다른 세상에 있었을 때 마리의 육체를 껴안기 위해 토요일까지 기다렸던 것과 같았다. 그런데 곰곰이 생각해보니, 나는 마른 나무둥치 속에 있는 게 아니었다. 나보다 더 불행한 사람들도 있었다. 한편으로 이건 엄마의 생각이었는데, 그녀는 자주 이 얘기를 되풀이했다. 사람은 결국 모든 것에 적응하기 마련이라고.

그런데 대체로 나는 그리 지나치지는 않았다. 처음 몇 달 동안은 힘들었다. 그러나 고통을 이겨내려는 바로 그 노력 덕분에 그 시간들은 지나갈 수 있었다. 이를테면 여자에 대한 욕구로 나는 괴로웠다. 젊은 사람으로서 그건 자연스런 일이었다. 특별히 마리를 생각했던 건 아니었다. 난 그저 한 여자, 그 여자들, 즉 내가 만났었던 모든 여자들, 그녀들과 사랑을 나누었던 그 모든 상황들을 수없이 머리에 떠올렸다. 그래서 내 독방은 그 모든 얼굴들로 채워지고, 나의 욕망으로 넘쳐났다. 어떤 의미에선 그런 생각이 나를 혼란스럽게 만들었다. 그러나 다른 의미에선 그런 생각을 하면서 시간을 죽일 수 있었다. 결국 나는 식사 시간에 취사 담당자와 함께 오는 간수장에게서 호의를 얻게 되었다. 그가 먼저 여자들에 대한 얘기를 했다. 그 문제가 다른 사람들도 가장 견딜 수 없어 하는 거라고 그는 말했다. 나는 그에게 나도 마찬가지라고, 이건 옳지 않은 처사로 생각한다고 말했다. "바로 그걸 위해 당신들을 감옥에 넣는 거지." 그가 말했다. "그걸 위하다니, 어떻게요?" "물론 자유를 말하는 거지. 당신들에게서 자유를 박탈하는 거라고." 나는 그 문제에 대해 한 번도 생각해본 적이 없었다. 내가 그에게 맞장구를 쳤다. "그건 사실이에요. 그렇지 않으면 형벌

이랄 게 뭐가 있겠어요?" "그래, 그런 것들을 이해하는군, 자네는. 다른 죄수들은 이해를 못 하더라고. 그들도 결국은 스스로 누그러지지만 말이야." 그렇게 말하며 간수장은 가버렸다.

담배 문제도 있었다. 감옥에 들어오자 그들은 내 혁대와 구두끈, 넥타이, 그리고 호주머니 안에 들어 있던 모든 것들, 특히 담배를 빼앗아갔다. 독방으로 들어왔을 때, 담배를 돌려달라고 했더니, 그건 금지되어 있다고 했다. 처음 며칠 간은 너무나 고통스러웠다. 내가 가장 견딜 수 없었던 고통은 바로 그것이었다. 나는 침대의 판자에서 뜯어낸 나뭇조각을 씹었다. 온종일 계속되는 구역질이 멈추질 않았다. 아무한테도 해를 끼치지 않는 담배를 왜 빼앗는지 이해할 수가 없었다. 나중에야, 나는 그것 또한 징벌의 일부임을 깨닫게 되었다. 그때는 그러나 이미 담배를 피우지 않는 습관이 돼 있어서 그것은 나에게 더 이상 징벌도 되지 못했다.

이런 불편들을 제외하면, 나는 그다지 불행하지는 않았다. 거듭 말하지만, 무엇보다 중요한 문제는 시간을 죽이는 일이었다. 마침내 난 회상하는 방법을 터득했고, 그때부터 더 이상 지루하지 않게 되었다. 가끔은 내 방을 생각하는 데 빠져

들었고, 상상 속에서, 한 구석에서 출발해 방을 한 바퀴 돌아 그 자리로 되돌아오곤 했는데, 그 사이에 있는 모든 것들을 머릿속으로 헤아려보았다. 처음엔 빨리 끝나버렸다. 그러나 다시 시작할 때마다 조금씩 더 길어졌다. 왜냐하면 모든 가구들을 다 기억해내고, 각각의 가구에 놓인 모든 물건들을 기억해내고, 또 각 물건들마다 모든 부분들을, 그 부분들 하나마다의 세공, 흠집 또는 깨어진 귀퉁이에 대해 기억해내고, 그것들의 색깔과 나뭇결에 대해서도 모두 기억해냈기 때문이다. 동시에 나는 무엇 하나도 빠뜨리지 않고 완전한 목록을 만들도록 애를 썼다. 그래서 몇 주 후에는 내 방에 있는 물건들을 하나하나 헤아리기만 하면서도 몇 시간을 보낼 수가 있었다. 그렇게 곰곰이 생각할수록 나는 그동안 모르고 있었던 것들과 잊어버린 것들을 기억에서 꺼내곤 했다. 그때 나는 단 하루밖에 살지 않았을 사람이라도 감옥에서 100년은 그럭저럭 살 수도 있겠다는 생각이 들었다. 그 사람도 지루하지 않을 충분한 추억거리가 있을 테니까. 어떤 의미에서, 그건 이득이었다.

또한 잠 문제도 있었다. 처음엔 밤에 잘 자지 못했고, 낮에도 전혀 자지 못했다. 그러다 차츰 밤잠이 나아졌고, 낮에도 잘 수가 있었다. 사실 지난 몇 달 동안은 하루에 16시간 내지 18시간씩 자기도 했다. 그러면 6시간이 남게 되는데, 그건 식사와 생리적 욕구들, 추억, 그리고 체코슬로바키아의 사건으로 죽이면 되었다.

　나는 짚으로 된 매트리스와 침대 판자 사이에서 오래된 신문 조각 하나를 발견했는데, 천에 들러붙어 누렇게 되고 앞뒤가 비쳐 보였다. 그건 사회면 기사로, 첫 부분이 잘려나가고 없었지만 체코슬로바키아에서 일어난 사건인 것 같았다. 어떤 남자가 돈을 벌기 위해 체코의 한 마을을 떠났다. 25년 후, 그는 부자가 되어 아내와 아이를 데리고 그 마을로 돌아왔다. 그의 어머니는 그의 누이와 함께 고향에서 호텔을 운영하고 있었다. 그는 어머니와 누이를 놀라게 하려고 아내와 아이는 다른 숙소에 남겨둔 채 그의 어머니 호텔로 갔다. 그러나 그가 들어갔을 때 그의 어머니는 아들을 알아보지 못했다. 장난으로 그는 방 하나를 잡기로 하고, 돈을 꺼내 보여주었다. 그날 밤, 그의 어머니와 누이는 그 돈을 훔치려고 그를 망치로 때려 죽였다. 그리고 시체를 강물에 던져버렸다. 다음 날 아침, 남자의 아내가 호텔로 와서 그 사실도 모른 채 여행자의 신분을 밝혔다. 그의 어머니는 목을 맸고, 그의 누이는 우물에 몸을 던져버렸다. 나는 이 이야기를 수천 번은 읽었던 것 같다. 한편, 이 이야기는 있을 법하지 않은 일이었지만, 또 한편으로 보면, 자연스러운 이야기였다. 아무튼 나는 그 여행자가 약간의 원인은 제공했으며, 장난은 절대 치지 않아야 한다는 생각이 들었다.

그렇게 잠자고, 추억하고, 사회면 기사를 읽고, 빛과 어둠이 교차하면서 시간은 흘러갔다. 감옥에서는 결국 시간관념을 잃어버린다는 글을 난 분명히 읽은 적이 있었다. 그러나 그건 나에겐 별로 의미가 없는 말이었다. 하루가 얼마나 길기도 하고 짧기도 할 수 있는지, 난 이해하지 못했다. 살아가기엔 어쩌면 긴 시간이지만, 그렇게 길게 늘어져서 마침내 하루하루가 서로 이어지게 된다. 세월은 거기서 이름이 없다. 어제 또는 내일이라는 단어만이 나에게 어떤 의미를 가지고 있을 뿐이었다.

내가 감옥에 들어온 지 5개월이 되었다고 어느 날 간수가 말해주었을 때, 나는 그의 말을 믿기는 했지만 이해가 되지 않았다. 나에게 그것은 내 독방에서 펼쳐진 끝없이 같은 날이었고, 내가 계속해온 끝없이 같은 임무였던 것이다. 그날, 간수가 떠난 후, 나는 양철 밥그릇에 비친 내 얼굴을 들여다보았다. 나는 그 얼굴을 향해 웃어 보려 했지만 그릇에 비친 내 모습은 진지한 표정만 짓고 있었다. 나는 그릇을 들고 내 앞에서 흔들었다. 그리고 웃었다. 그러나 내 얼굴은 여전히 굳은 채 슬픈 표정 그대로 있었다. 날이 저물어가고 있었고, 내가 말하고 싶지 않은 시간이었다. 그저 저녁의 소음들이 침묵의 행렬 안에서 감옥의 각 층을 타고 올라오는 이름 없는 시간이었다. 나는 천장에 뚫린 창문으로 다가가서 마지막 남아 있는 햇빛에 한 번 더 내 얼굴을 비춰 보았다. 여전히 심각한 표정이었는데, 그 순간에도 내 모습이 그랬다는 게 뭐가 놀랍단 말인가? 그런데 바로 그때, 그리고 몇 달 만에 처음으로, 나는 내 목소리를 똑똑히 들었다. 나는 그것이 이미 오래전부터 내 귀에 울리고 있던 소리라는 걸 깨달았다. 그리고 그동안 내내 내가 혼자 말하고 있었다는 것을 알게 되었다. 그 순간 엄마의 장례식 날 간호사가 한 말이 떠올랐다. 그렇다, 해결책은 없다. 그리고 감옥 안의 저녁이 어떤 것인지 상상할 수 있는 사람은 아무도 없다.

III

사실 여름이 지나고 너무나 빨리 다시 여름이 찾아왔다. 첫 더위가 시작되면서 나에게 뭔가 새로운 일이 일어나리라는 걸 난 알고 있었다. 내 사건은 중죄 재판소의 최종회기에 심의하기로 예정되어 있었는데, 그 회기는 6월로 끝날 것이었다. 심리는 바깥의 햇빛이 눈부시게 빛나고 있을 때 시작되었다. 내 변호사는 심리가 2, 3일 이상 걸리지는 않을 거라고 단언했다. 그러면서 덧붙였다. "게다가 당신 사건은 이번 회기에서 가장 중요한 사건이 아니라서, 재판정에서 아마 서둘러 끝낼 거예요. 바로 이어서 존속살해사건을 다룰 거라서 말이죠."

나는 아침 7시 반에 불려 나가 호송차로 재판소까지 이송되었다. 경관 두 명이 나를 어둠침침하고 작은 방으로 들어가게 했다. 우리는 문 가까이 앉아서 기다렸는데, 문 뒤로 옆방에서 말하는 소리들, 호출하는 소리, 의자 끄는 소리, 그리고 동네 축제 때 연주가 끝난 다음 춤을 추기 위해 방 안을 정돈하는 듯한 소리들이 모두 한데 섞여 들려왔다. 경관들이 내게 재판이 열릴 때까지 기다려야 한다고 말하면서 그중 한 명이 내게 담배를 권했지만 나는 사양했다. 잠시 후 그가 나에게 "불안하냐"고 물었다. 나는 그렇지 않다고 대답했다. 어떤 의미에선 재판 과정을 보는 것이 흥미롭기까지 하다고 했다. 지금까지 살아오면서 이런 걸 볼 기회가 한 번도 없었던 것이다. 그러자 다른 경관이 내게 말했다. "그렇죠, 하지만 결국은 피곤해져요."

얼마 후 작은 벨 소리가 방 안에 울렸다. 그러자 경관들이 내 수갑을 풀어주고는 문을 열어 나를 피고석으로 들여보냈다. 실내는 터질 듯 꽉 차 있었다. 블라인드가 있는데도 햇빛이 여기저기서 새들어와 방 안의 공기는 숨이 막힐 정도로 후텁지근했다. 창문은 닫혀 있었다. 내가 앉자 경관들도 내 양 옆으로 앉았다. 그리고 바로 그때 내 앞에 줄지어 앉아 있는 사람들이 보였다. 모두 나를 쳐다보고 있었다. 나는 그들이 배심원이라는 것을 깨달았다. 그러나 무엇으로 그들을 서로 구별할 수 있을지는 모르겠다. 나는 한 가지 인상밖엔 느끼지 못했는데, 이를테면 내가 전차에 올라타 긴 좌석 앞에 서 있는데, 이름 모를 모든 승객들이 새로 탄 승객에게서 웃음거리를 찾아내려고 훑어보고 있는 것 같은, 그런 느낌이었다. 그게 한심한 생각이었다는 건 나도 잘 알고 있다. 배심원들이 여기서 찾아내려는 것은 웃음거리가 아니라 바로 죄였기 때문이다. 하지만 큰 차이도 아니고, 어쨌든 머릿속에 스친 생각은 그것이었다.

나는 또한 닫혀 있는 실내의 모든 사람들을 보면서 좀 어리둥절해졌다. 나는 다시 한 번 법정을 둘러보았지만 사람들의 얼굴을 구별할 수가 없었다. 그들이 나를 보려고 몰려왔다는 걸 난 처음에 이해하지 못했다. 평상시, 사람들은 나 자체에 관해 관심을 기울이지 않았던 것이다. 내가 그 모든 법석의 원인이라는 것을 이해하는 데엔 약간의 노력이 필요했다. 내가 경관에게 말했다. "사람들이 굉장히 많네요!" 그는 언론들 때문이라고 대답하며, 배심원석 아래 탁자 근처에 자리 잡고 있는 한 무리의 사람들을 가리켰다. "저 사람들이에요." 그가 말했다. "누가요?" 하고 내가 묻자, 그가 "언론들 말이오." 하고 반복해 말했다. 그는 기자들 중 한 사람을 알고 있었는데, 바로 그때 그 기자가 경관을 보고는 우리 쪽으로 다가왔다. 좀 나이 든 남자인데, 얼굴을 약간 찌푸리고 있긴 했지만 인상은 좋았다. 그는 매우 다정하게 경관과 악수를 나눴다. 그때 내가 느낀 것은, 거기 있는 사람들 모두가 서로 다가가 말을 걸고 대화를 나누고 있다는 것이었다. 마치 한 클럽에서 같은 분야에 있는 사람들끼리 반갑게 만나고 있는 모습 같았다. 나는 웬지 내가 침입자 같은, 필요 없는 존재 같은 이상한 느낌도 들었다. 그런데 그 기자가 미소를 지으며 내게 말을 걸었다. 그는 내 일이 잘 돼가기를 바란다고 했다. 내가 그에게 고맙다고 하자 그가 덧붙여 말했다. "우리가 당신 사건을 좀 띄웠어요. 여름엔 기삿거리가 부족하거든요. 당신 사건과 존속살해사건 밖에는 요즘 쓸 만한 게 없어서요." 그러고 나서 그는, 방금 전에 같이 있었던 그 그룹 가운데, 커다란 검은 테 안경을 쓰고 두더지처럼 생긴 땅딸막한 남자를 가리키며, 파리의 한 신문사 특파원이라고 말했다. "한데 저 사람은 당신 때문에 온 건 아니에요. 부친살해사건 공판에 대해 취재를 맡은 김에 당신 사건도 같이 알리라고 지시를 받은 거죠." 그때 다시 한번, 나는 그에게 고맙다고 말할 뻔했다. 그런데 그게 우스운 짓이라는 생각이 들었다. 그는 내게 다정한 손짓을 살짝 하고는 자리를 떠났다. 우리는 몇 분을 더 기다렸다.

내 변호사가 법의를 입고 많은 동료들에 둘러싸여 법정으로 들어왔다. 그는 기자들에게 다가가 악수를 했다. 그들은 서로 농담을 하고 웃으며 무척 편안한 표정이었다. 이윽고 법정 안에 벨이 울리자 모두들 제자리로 돌아갔다. 내 변호사가 내게로 와서 악수를 하고는, 묻는 질문에 짧게 대답하며, 먼저 말을 시작하지 말고, 나머지는 자기에게 맡기라는 조언을 했다.

내 왼쪽에서 의자를 뒤로 미는 소리가 들리더니, 붉은색 법의를 입고, 코안경을 걸친 큰 키의 마른 남자가 옷을 조심스럽게 추스르며 자리에 앉는 것이 보였다. 그가 바로 검사였다. 서기가 개정을 알렸다. 그때, 두 개의 커다란 선풍기가 부르르 떨며 돌아가기 시작했다. 세 명의 판사 중, 두 사람은 검은색 법의, 나머지 한 사람은 붉은색 법의를 입고는, 서류를 들고 들어와서는 법정이 내려다보이는 연단으로 서둘러 걸어갔다. 붉은색 법의의 판사가 한가운데 의자에 앉아, 앞에다 법모를 벗어놓고는, 손수건으로 대머리가 된 작은 머리를 닦고 나서 공판을 시작한다고 선언했다.

기자들은 이미 손에 펜을 들고 있었다. 그들은 모두 똑같이 무심하면서도 약간 비웃는 듯한 표정을 하고 있었다. 그러나 그들 중 한 사람은 훨씬 더 젊은데다 파란색 넥타이에 회색 플란넬 옷을 입고 있었는데, 앞에다 펜을 내려놓고는 나를 바라보고 있었다. 한쪽으로 약간 기울어진 그의 얼굴에서는 맑은 두 눈밖에 보이지 않았는데, 그 눈은 어떠한 감정도 단정적으로 드러내지 않은 채 나를 주의 깊게 관찰하고 있었다. 나는 내가 나 자신을 쳐다보고 있는 것 같은 기묘한 인상을 받았다. 아마도 그의 눈빛 때문에, 그리고 또한 내가 법정의 관례를 알지 못했기 때문에, 그다음에 일어난 모든 일들을 난 잘 이해하지 못했다. 배심원들의 추첨, 재판장이 변호사와 검사 그리고 배심원단에게 던진 질문들(매번 모든 배심원들의 머리가 동시에 재판장석으로 돌려졌다)이 있었다. 그리고 공소장의 신속한 낭독이 있었는데, 거기엔 내가 알고 있는 몇몇 장소와 사람들의 이름, 그리고 내 변호사에게 던져진 새로운 질문들이 있었다.

재판장이 증인 소환을 진행하겠다고 말했다. 서기가 호명을 했는데, 그 이름들이 나의 주의를 끌었다. 좀 전까지도 구별이 잘 안되던 방청객들 한복판에서 한 사람씩 일어나더니 곧 옆문으로 사라지는 것이 보였다. 그들은 양로원 원장과 수위, 토마 페레 영감, 레몽, 마송, 살라마노, 마리였다. 마리는 내게 약간 근심하는 기색을 보였다. 내가 그들을 더 빨리 알아보지 못한 데 대해 또 한번 놀라고 있을 때, 마지막으로 셀레스트가 호명되면서 자리에서 일어섰다. 그의 옆에는 레스토랑에서 보았던 그 작은 여자가 전에 입었던 것과 같은 재킷을 입고는 분명하고 결연한 표정으로 앉아 있었다. 그녀는 나를 뚫어져라 쳐다보았다. 그러나 재판장이 발언을 시작했기 때문에 나는 깊이 생각할 여유가 없었다. 그는 이제 본격적인 심리가 시작될 거라면서, 방청객들에게 정숙해줄 것을 요청할 필요는 없을 거라고 생각한다고 말했다. 그의 말에 의하면, 이 사건의 심리를 공정하게 진행시키는 것이 바로 자기가 할 일이며, 자신도 객관적으로 다루겠다는 것이었다. 그리고 배심원들의 평결은 정의의 정신 안에서 행해질 것이며, 아무리 작은 사고가 일어나더라도 모든 상황을 막론하고, 법정을 닫겠다고 했다.

기온이 점차 오르자, 일부 방청객들은 신문으로 부채질을 하고 있었다. 종이에서 나는 바스락거리는 작은 소음이 계속 이어졌다. 재판장이 신호를 보내자 서기가 짚으로 엮은 부채 세 개를 가지고 왔다. 세 명의 판사는 즉시 그걸 사용하기 시작했다.

내 심문이 곧 시작되었다. 재판장은 나에게 부드럽게, 그리고 심지어, 다정함이 느껴지는 어조로 질문을 했다. 다시 한번 내 신분을 밝히라고 해서 신경질이 났지만, 사실 그건 당연한 것이라는 생각이 들었다. 사람을 잘못 알고 재판한다면 너무나 중대한 문제가 될 것이기 때문이었다. 이어서 재판장은 내가 저질렀던 일에 대해 다시 읽기 시작했는데, 세 문장이 끝날 때마다 매번 나에게 "맞습니까?" 하고 물었다. 그때마다 나는 내 변호사의 지시에 따라 "네, 재판장님." 하고 대답했다. 재판장이 세세한 내용까지 이야기하느라 많은 시간을 들였기 때문에 그의 말은 상당히 길어졌다. 그동안 기자들은 받아쓰고 있었다. 그들 중 가장 젊은 그 기자와 키 작은 로봇 같은 여자의 시선이 느껴졌다. 전차의 긴 좌석에 앉아 있는 것 같은 모든 배심원들은 재판장을 쳐다보고 있었다. 재판장이 기침을 하고 서류를 뒤적거리더니, 부채질을 하면서 나를 돌아보았다.

그는 이제 내 사건과 동떨어져 보이는 것 같지만 어쩌면 매우 밀접한 관계가 있는 문제들을 다루겠다고 말했다. 나는 그가 또다시 엄마에 대해 말할 거라는 걸 알았고, 동시에 그게 얼마나 나를 귀찮게 하는지를 느꼈다. 그는 내게 왜 엄마를 양로원에 맡겼느냐고 물었다. 나는 엄마를 부양하고 보살필 돈이 없었기 때문이라고 대답했다. 그는 엄마를 부양하는 것이 개인적으로 부담이 되었느냐고 물었다. 나는 엄마나 나나 우리는 서로에게 더 이상 아무것도 기대하지 않았었고, 더구나 다른 사람에게도 기대하지 않았다고 대답했다. 그리고 우리 둘은 각자의 새로운 삶에 적응해 있었다고 말했다. 그러자 재판장은 그 점에 대해서는 더 이상 논의하고 싶지 않다면서, 검사에게 다른 질의사항이 있느냐고 물었다.

검사는 등을 반쯤 돌리고 서서 나를 쳐다보지도 않고, 재판장이 허락한다면 자기는 내가 그 아랍인을 죽일 계획으로 혼자서 샘 쪽으로 돌아갔었던 것인지를 알고 싶다고 했다. "아닙니다." 하고 내가 대답했다. "그럼 왜 그는 무기를 가지고 있었고, 왜 정확히 그 장소로 되돌아갔을까요?" 나는 그저 우연이었다고 말했다. 그러자 검사가 불쾌한 어투로 "일단은 여기서 마치겠습니다." 하며 메모를 했다. 그다음엔 모든 것이 조금 혼란스러웠는데, 적어도 내게는 그랬다. 그러나 뭔가 협의를 한 후, 재판장은 폐정을 선언하며 증인 심문은 오후에 있겠다고 말했다.

나는 생각해볼 틈도 없었다. 사람들이 나를 데려가 호송차에 태우고 감옥으로 이송했다. 난 거기서 식사를 했다. 내가 피곤함을 느끼기에 충분할 만큼의 짧은 시간이 지나자마자 나는 또다시 끌려 나갔다. 모든 것이 다시 시작되었고, 나는 같은 법정에, 같은 얼굴들 앞에 있게 되었다. 다만 더위는 훨씬 더 심해졌고, 마치 기적이라도 일어난 듯 배심원들과 검사, 내 변호사 그리고 몇몇 기자들에게도 역시 밀짚 부채가 제공되어 있었다. 그 젊은 기자와 키 작은 여인도 여전히 그곳에 있었다. 그러나 그들은 부채질은 하지 않고 계속 아무 말도 없이 나를 쳐다보고 있었다.

나는 얼굴을 뒤덮는 땀을 닦으며 양로원 원장이 호명되는 소리를 들었을 때에야 비로소 내가 있는 장소와 나 자신에 대한 의식을 되찾을 수 있었다. 재판장이 그에게 혹시 엄마가 나에 대해 불평을 했느냐고 묻자, 그는 그렇다고 하면서, 하지만 가까운 사람에 대해 불평하는 것은 재원자들의 괴팍한 버릇 같은 것이라고 말했다. 재판장은 그에게 엄마가 양로원에 맡겨진 것에 대해 나를 비난했었는지 명확히 말하라고 했고, 원장은 또다시 그렇다고 말했다. 그러나 이번엔 아무것도 덧붙여 설명하지 않았다. 또 다른 질문에, 그는 엄마의 장례식 날 보였던 나의 평온함에 놀랐었다고 대답했다. 재판장이 그에게 평온함이 어떤 의미냐고 물었다. 그러자 원장은 자신의 구두 끝을 쳐다보며, 내가 엄마를 보고 싶어 하지 않았고, 한 번도 눈물을 흘리지 않았으며, 장례식이 끝난 후 묘소 앞에서 묵념도 올리지 않고 곧바로 떠나버렸다고 말했다. 그를 놀라게 한 게 또 하나 있었는데, 장의사 중 한 명이 내가 엄마의 나이를 모르고 있더라는 말을 그에게 했다는 것이었다. 순간 조용해졌다. 재판장이 그에게, 나에 대해서 말한 게 맞느냐고 물었다. 원장이 질문을 이해하지 못하자, 재판장이 그에게 말했다. "법적 절차입니다." 그러고 나서 재판장은 차장 검사에게 혹시 증인에게 질문할 것이 있느냐고 물었고, 검사는 "아! 없습니다. 충분합니다." 하고 외쳤다. 그의 목소리가 너무나 우렁차고, 나를 향한 그의 시선이 너무나 승리에 차 있어서, 나는 정말 몇 년 만에 처음으로, 울고 싶은 한심한 기분이 들었다. 그곳에 있는 모든 사람들이 얼마나 나를 혐오하는지 느껴졌기 때문이다.

재판장은 배심원단과 내 변호사에게 질문할 사항이 있느냐고 물은 다음, 이번에는 양로원 수위의 증언을 듣겠다고 했다. 다른 모든 증인들과 마찬가지로 그에게도 똑같은 증인 선서식이 되풀이되었다. 수위는 증언대에 나와서 나를 쳐다보더니 눈길을 돌렸다. 그는 주어진 질문들에 대답을 했다. 그는 내가 엄마를 보고 싶어 하지 않았으며, 담배를 피웠고, 잠을 잤으며, 그리고 카페올레를 마셨다고 말했다. 그때 온 장내에서 뭔가가 술렁이는 것이 느껴졌고, 난 처음으로 내가 죄인임을 깨달았다. 재판장이 수위에게 카페올레와 담배 이야기를 다시 해달라고 했다. 차장 검사가 경멸의 눈초리로 나를 쳐다보았다. 그때 내 변호사가 수위에게, 그도 나와 함께 담배를 피우지 않았느냐고 물었다. 그러나 검사는 그 질문에 강하게 이의를 제기했다. "지금 누가 죄인입니까? 증언을 과소평가하려고 죄과를 증인에게 뒤집어씌우는 그 방식은 도대체 뭡니까? 아무리 그렇게 해도 증언들이 치명적인 점에는 변함이 없을 겁니다."
그럼에도 불구하고, 재판장은 수위에게 변호사의 질문에 답변
하라고 지시했다. 영감은 난처한 표정으로 말했다. "제가 옳지
않았다는 걸 저도 알고 있습니다. 그러나 저는 저분이 권하는
담배를 거절할 수가 없었습니다." 끝으로, 재판장은 나에게 덧
붙일 말이 있느냐고 물었다. "없습니다. 증인의 말이 사실이라
는 것밖엔. 제가 그에게 담배를 권했던 것은 사실입니다." 하
고 나는 대답했다. 그러자 수위가 약간 놀라면서 일종의 감사
함의 표정으로 나를 쳐다보았다. 그는 조금 망설이더니 이윽
고, 카페올레를 권했던 사람은 바로 자기였다고 말했다. 내 변
호사는 의기양양해져 큰 소리로, 배심원들은 그 점을 참조해
야 할 거라고 말했다. 그러나 검사는 우리들 머리 위로 벼락같
이 소리치며 말했다. "그렇죠, 배심원들께서는 그 점을 참조하
실 것입니다. 그리고 그분들은, 잘 모르는 사람이 커피를 권할
수는 있지만, 아들은 자신을 세상에 내준 어머니의 시신 앞에
서는 그걸 거절해야 한다고, 결론지을 것입니다." 수위는 자기
자리로 돌아갔다.

토마 페레의 차례가 왔을 때는 서기가 그를 증언대까지 부

축해줘야만 했다. 페레는, 나의 어머니를 매우 잘 알고 있었지만, 나를 본 건 장례식 날 한 번뿐이었다고 말했다. 그날 내가 어떻게 행동했었느냐는 질문을 받고, 그가 대답했다. "이해하시겠지만, 나 자신은 그날 너무 슬퍼서 아무것도 보지 못했어요. 슬픔 때문에 볼 수가 없었던 겁니다. 나에게는 너무나 큰 슬픔이었어요. 기절까지 했으니까요. 그래서 나는 저분을 볼 수가 없었습니다." 차장 검사가 그에게, 최소한 내가 울기라도 한 걸 보았느냐고 물었다. 페레는 보지 못했다고 대답했다. 그러자 검사가 이번엔 "배심원들께서는 이 점을 참조하실 것입니다." 하고 말했다. 그러나 내 변호사가 화를 내며, 과장스러워 보이는 목소리로 페레에게 "내가 울지 않은 건 보았느냐"고 물었다. 페레는 "아니요." 하고 대답했다. 방청객들이 웃음을 터뜨렸다. 내 변호사는 이제 한쪽 소매를 감아올리면서 단호한 어조로 말했다. "이 소송의 모습이 이렇습니다. 모든 것이 사실이면서, 어떠한 것도 사실이 아닙니다!" 검사는 굳은 얼굴로, 서류의 제목들을 연필로 찌르고 있었다.

5분 간 휴정한 다음 — 그동안 내 변호사는 나에게 모든 것이 최상으로 되어가고 있다고 말했다 — 피고 측의 요청으로 셀레스트의 증언을 들었다. 피고측은 바로 나였다. 셀레스트는 이따금 내쪽으로 시선을 던지며 두 손으로 파나마 모자를 들고 돌리고 있었다. 그는 새 양복을 입고 있었는데, 가끔 일요일에 나와 함께 경마장에 갈 때 입곤 했던 옷이었다. 그런데 칼라를 붙일 수가 없었는지, 구리 단추 하나만으로 셔츠를 여며 입고 있었다. 내가 그의 고객이었느냐는 질문을 받고는 그가 말했다. "네, 하지만 친구이기도 했습니다." 나에 대해 어떻게 생각하느냐는 질문에는, 내가 남자답다고 대답했다. 그게 무슨 뜻이냐는 질문에는, 모든 사람은 그것이 무슨 뜻인지 알고 있다고 대답했다. 내가 말수가 적었다는 걸 알고 있었느냐는 질문에, 내가 아무 말이나 하지는 않았다는 것을 단지 알고 있었다고 대답했다. 차장 검사가 그에게, 내가 식사비를 착실하게 냈느냐고 물었다. 셀레스트가 웃으며 말했다. "그런 건 우리 사이에 하찮은 일입니다." 그는 또 내 범죄에 대해 어떻게 생각하느냐는 질문을 받았다. 그는 증언대 위에 두 손을 올려놓았는데, 뭔가 할 말을 준비해온 것으로 보였다. 그가 말했다. "제 생각에, 그건 불운입니다. 불운이 어떤 것인지는 모두 알고 있습니다. 그건 막을 수 없는 것이죠. 그렇습니다! 그건 제 생각에 불운입니다." 그는 계속 말하려 했다. 그러나 재판장이 그에게 됐다면서 감사하다고 말했다. 셀레스트는 좀 당황하고 있었다. 그러나 좀 더 말하고 싶다는 의사를 표명했다. 재판장은 간단히 하라고 요청했다. 그는 또다시 그건 불운이었다고 반복해 말했다. 그러자 재판장이 그에게 말했다. "네, 그건 알겠습니다. 그러나 우리의 임무는 이러한 불운들을 심판하는 것입니다. 감사합니다." 마치 자신의 지식과 선의가 한계에 이르렀다는 듯이, 셀레스트는 내 쪽으로 고개를 돌렸다. 그의 눈이 반짝이고 입술도 떨리고 있는 것 같았다. 그는 무엇을 더 하면 좋을지 나에게 묻고 있는 듯했다. 나는 아무 말도 하지 않고, 어떠한 몸짓도 하지 않았다. 그러나 평생 처음으로 나는 한 남자를 껴안고 싶은 마음이 들었다. 재판장이 다시 그에게 증언대에서 물러나라고 명령했다. 셀레스트는 방청석으로 가서 앉았다. 그는 남아 있는 심문 동안 내내, 그 자리에 앉아서 몸을 약간 앞으로 숙여, 팔꿈치를 무릎에 괴고, 파나마 모자를 두 손에 든 채, 모든 말을 집중해 듣고 있었다. 마리가 들어왔다. 그녀는 모자를 쓰고 있었고, 여전히 아름다웠다. 그러나 나는 그녀가 머리를 풀어놓고 있는 걸 더 좋아했다. 내가 있는 곳에서도 그녀의 풍만한 가슴을 느낄 수 있었고, 언제나 약간 도톰한 그녀의 아랫입술을 알아볼 수 있었다. 그녀는 신경이 몹시 곤두서 있는 것 같았다. 곧바로, 재판장은 그녀에게 언제부터 나를 알고 있었느냐는 질문을 했다. 그녀는 우리 회사에서 근무했던 시기를 알려주었다. 재판장은 나와의 관계가 어떤 것이었는지를 알고 싶어 했다. 그녀는 친구 사이라고 말했다. 다른 질문엔, 사실 나와 결혼하기로 돼 있었다고 대답했다. 서류를 뒤적거리고 있던 검사가 그녀에게 불쑥, 우리의 관계가 시작된 게 언제냐고 물었다. 그녀는 날짜를 알려주었다. 검사는 무덤덤한 표정으로, 그건 엄마의 사망 다음 날이었던 것 같다고 지적했다. 그러고는 좀 비웃는 말투로, 자기는 그런 미묘한 상황에 대해 다그치고 싶지 않으며, 마리가 꺼림칙해 할 것을 잘 이해한다고 말했다. 그러나(여기서 그의 말투는 더 딱딱해졌다) 자신의 임무이므로 그녀에게 예의를 차릴 수가 없이 물어야 한다는 것이었다. 그래서 마리에게 나를 만났던 그날 하루 동안 있었던 일을 요약해달라고 말했다. 마리는 얘기하고 싶어 하지 않았지만 검사의 다그침에 어쩔 수 없이, 우리가 해수욕을 했던 일, 극장에 갔던 일, 그리고 내 집으로 같이 돌아왔던 일에 대해 말했다. 차장 검사는 예심 때 마리가 한 진술을 듣고 나서 그날의 영화 프로그램을 조사해보았다고 말했다. 그러면서 마리에게 그때 어떤 영화를 봤는지 직접 말해보라고 했다. 마리는 정말 거의 무덤덤한 목소리로, 페르낭델이 나오는 영화였다고 알려주었다. 그녀가 말을 마치자, 법정 안이 돌연 조용해졌다. 그러자 검사가 자리에서 일어나, 정말 감동한 목소리로 매우 심각하게, 나를 손가락으로 가리키며 천천히 말을 했다. "배심원 여러분, 어머니의 사망 다음 날, 이 사람은 해수욕을 하고, 부정한 관계를 시작했으며, 코미디 영화를 보러 가서 웃었습니다. 나는 이제 더 이상 할 말이 없습니다." 그는 자리에 앉았고, 법정엔 여전히 침묵이 흐르고 있었다. 그런데 갑자기 마리가 울음을 터뜨리며, 그게 아니라, 다른 게 있으며, 자기가 생각하는 것과 반대로 말하도록 자기를 몰아간 거라고 했다. 그리고 자기는 나를 잘 알고 있으며, 나는 아무것도 나쁜 짓을 하지 않았다고 말했다. 그러나 재판장의 신호에 따라, 서기가 그녀를 데리고 나갔고, 공판은 계속 이어졌다.

뒤이어 마송이 불려나와, 나는 정직한 사람이며 '뿐만 아니라 친절한 사람'이라고 증언했으나 사람들은 거의 듣지 않았다. 살라마노가 나와서, 내가 그의 개에게 친절했다고 증언했을 때도, 어머니와 나에 대한 질문을 받고는 내가 엄마와 함께 나눌 이야깃거리가 없었고, 그래서 그런 이유로 내가 어머니를 양로원에 맡긴 거라고 대답했을 때도, 사람들은 거의 그의 말을 듣지 않았다. "이해하셔야 합니다. 이해하셔야 합니다." 살라마노가 말했다. 하지만 아무도 이해하는 것 같지 않았다. 그도 끌려 나갔다.

이어서 레몽의 차례가 왔으며, 그가 마지막 증인이었다. 레몽은 내게 살짝 신호를 보내고는, 난 죄가 없다고 대뜸 말했다. 그러자 재판장이 그에게, 판정을 물어본 게 아니라 사실을 증언해야 한다고 말했다. 그러고는 질문을 듣고 나서 답변하라고 요청했다. 재판장은 그에게 피해자와의 관계를 명확히 밝히라고 했다. 레몽은 그 기회를 이용해, 자신이 피해자 누이의 뺨을 때렸을 때부터 그 피해자는 자기를 증오했다고 말했다. 재판장은, 그렇지만 그 피해자가 나를 증오할 이유는 없었느냐고 물었다. 레몽은 그날 내가 바닷가에 있었던 건 우연이었을 뿐이라고 대답했다. 그러자 검사는, 사건의 발단이 됐던 그 편지가 나에 의해 쓰여졌던 건 어떻게 된 일이냐고 물었다. 레몽은 우연이었다고 대답했다. 검사가, 우연은 이번 사건에서 이미 수없이 양심을 왜곡시키고 있다고 반박했다. 그는 레몽이 정부의 뺨을 때렸을 때 내가 말리지 않았던 것도 우연인지, 그리고 내가 경찰서에 가서 증인으로 섰던 것도 우연이고, 또한 내가 증언 때 했던 진술이 순전히 호의에 의한 것이라고 밝혀졌던 것도 우연이었는지 알고 싶어 했다. 마지막으로, 그는 레몽에게 생계 수단이 무엇이냐고 물었다. 레몽이 "창고관리인"이라고 대답하자, 차장 검사는 배심원들에게, 증인이 포주일을 하고 있다는 것은 누구나 다 알고 있는 사실이라고 말했다. 그러면서, 나는 그의 공범자이며 친구라고 했다. 그리고 이 사건은 가장 저급한 부류 중에서도 저속한 사건이며, 도덕적 괴물에 관련된 사건이어서 심각하다고 말했다. 레몽이 자신을 변호하려 했고, 내 변호사도 항의를 했지만, 재판장은 그들에게 검사의 말이 끝날 때까지 기다리라고 했다. 검사가 말했다 "사소한 질문입니다만" 그러면서 레몽에게 물었다. "피고가 당신의 친굽니까?" "네, 그는 제 친구였습니다." 레몽이 대답했다. 그러자 차장 검사가 나에게 같은 질문을 했고, 나는 레몽을 바라보았다. 그는 내게서 눈길을 떼지 않고 있었다. 나는 "그렇습니다." 하고 대답했다. 그때 검사가 배심원단을 돌아보며 말했다. "어머니의 사망 다음 날 가장 수치스러운 방탕 행위에 빠진 바로 이 사람은 하찮은 이유로, 그리고 차마 말로 표현할수 없는 치정사건을 해결하기 위해 사람을 죽였습니다."

그러고 나서 그는 자리에 앉았다. 그러자 참다못한 내 변호사가 두 팔을 쳐들면서 소리를 질렀다. 그 바람에 그의 소맷자락이 흘러내리며 풀 먹인 셔츠의 주름이 밖으로 드러났다. "결국 피고인은 어머니를 매장한 것으로 기소된 겁니까? 살인으로 기소된 겁니까?" 방청객들이 웃음을 터뜨렸다. 검사가 또다시 자리에서 일어나 법의를 매만져 펼치면서 말했다. 그 두 사실의 범주 사이에 있는 깊고 비장하고 본질적인 관계를 지각하지 못하려면 존경하는 변호사님처럼 순진해야 할 거라고 말했다. 그러고는 힘주어 소리쳤다. "그렇습니다. 나는 범죄자의 감정을 가지고 어머니를 매장한 이 사람을 고발합니다." 이 선언은 방청객들에게 참조할 만한 효과를 발휘한 것 같았다. 내 변호사는 어깨를 으쓱하며 이마에 흐르는 땀을 닦았다. 그러나 그 자신도 동요된 것 같았다. 나는 일이 순조롭지 않을 거라는 걸 알았다.

공판이 끝났다. 법원에서 나와 호송차에 오르면서, 언뜻 나는 여름날 저녁의 냄새와 색깔을 느꼈다. 어두컴컴한 호송차 안에서 나는 좋아하던 도시와 혼자서 만족해하던 어떤 시간의 귀에 익은 모든 친숙한 소리들을 피곤에 지친 마음속에서 하나씩 되찾았다. 이미 햇볕의 열기가 누그러진 대기 속으로 신문팔이들의 외침과 공원에서 우는 마지막 새들의 울음소리, 샌드위치 장사들의 소리, 도시 고지대의 거브 길에서 나는 전차들의 기적 소리, 그리고 항구 위로 밤이 내리기 전에 하늘로 울려 퍼지는 불분명한 어떤 소리들, 그러한 모든 것들은 내가 감옥에 들어오기 전에 잘 알고 있던 것들인데, 이제는 나에게 장님이 길을 더듬어가듯 재구성되고 있었다. 그렇다, 그것은 아주 오래전에 내가 좋아하던 시간이었다. 그때 나를 기다리고 있던 것은 언제나 꿈도 없는 산뜻한 잠이었다. 그러나 지금은 무엇인가가 달라져 있는데, 다음 날에 대한 기다림과 함께 내가 되찾는 것은 바로 내 독방이기 때문이다. 마치 여름 하늘에 그어진 그 익숙한 길들이 순수한 잠으로 이끌어 가듯 그렇게 감옥으로도 이끌어 갈 수 있는 것처럼.

IV

피고석에서라도 자신에 대해 말하는 걸 듣는 것은 언제나 흥미로운 일이다. 검사와 내 변호사가 변론을 하는 동안, 나에 대해 많은 이야기를 했는데 어쩌면 내 범죄에 대해서보다 나 자신에 대해서 더 많이 했던 것 같다. 그런데 두 사람의 변론에 그렇게 다른 점이 있었던가? 변호사는 두 팔을 쳐들고 해명을 하면서 유죄를 인정했다. 검사는 두 손을 내뻗으며 해명 없이 죄를 고발했다. 그런데 한 가지가 은근히 나를 신경 쓰이게 했다. 나는 불안함에도 불구하고 이따금 끼어들려고 했는데, 그때마다 내 변호사가 말했다. "입 다물고 있어요, 그게 당신에게 더 유리해요." 어떻게 보면, 사람들은 내 사건을 나와 상관없이 다루고 있는 것 같았다. 모든 일이 나의 참여 없이 진행되었다. 사람들은 나의 의견을 구하지도 않고 나의 운명을 결정짓고 있었다. 때때로 나는 모든 사람들의 말을 중단시키고 이렇게 말하고 싶었다. "도대체 누가 피고입니까? 피고도 중요합니다. 나도 할 말이 있어요!" 그런데 가만 생각해보니, 나는 말할 게 아무것도 없었다. 게다가 나는 사람들이 관심을 기울이는 흥밋거리는 오래 계속되지 않는다는 것을 알고 있었다. 예를 들어, 검사의 변론도 나는 금방 지루해졌다. 다만 단편적인 단어들, 몸짓들, 또는 전체와 동떨어진 장광설들만 나의 관심을 끌거나 흥미를 일으켰다.

내가 제대로 이해했다면, 검사의 논고 요지는 내가 범죄를 미리 계획했다는 것이었다. 적어도 그는 그것을 밝히려고 애를 썼다. 그 자신이 직접 이렇게 말했던 것처럼. "여러분, 제가 그것을 증명해 보이겠습니다. 이중으로 증명할 수 있습니다. 우선 명백하게 드러난 사실 그대로, 그다음엔 이 사악한 영혼 속에 도사리고 있던 어두운 심리에 비추어서 말이죠." 그는 엄마의 죽음 다음부터 일어났던 일들을 요약해 말했다. 그러면서 나의 냉담함과 엄마의 나이도 몰랐던 점, 장례식 다음 날 여자와 함께 해수욕을 간 일, 영화, 페르낭델, 그리고 마리와 함께 내 집으로 돌아간 일을 상기시켰다. 그때 난 그걸 이해하는 데 시간이 좀 걸렸는데, 그가 "그의 정부"라는 말을 했기 때문이었다. 나에게 그녀는 마리였던 것이다. 이어서 그는 레몽의 이야기로 돌아왔다. 그가 사건을 보는 방식이 틀린 것은 아니었다. 그는 무척 그럴 듯하게 말했다. 내가 그의 정부를 유혹해 '양심이 의심스러운' 남자에게 못되게 취급받도록 떠넘기기 위해 레몽과 짜고 편지를 썼다. 바닷가에서 내가 레몽의 상대편에게 시비를 걸었다. 레몽이 부상을 당했다. 내가 레몽에게 권총을 달라고 했다. 혼자서 그들을 처치하려고 샘으로 되돌아갔다. 계획했던 대로 그 아랍인을 쏘았다. 잠시 기다렸다. 그리고 "일이 잘 되었는지 확실히 하기 위해" 네 발을 더 쏘았다. 침착하게, 확실하게, 말하자면 의도적으로. 차장 검사가 말했다. "그렇습니다, 여러분. 저는 이 사람이 상황을 완전히 인지한 상태에서 살인을 하게 했던 그 사건 과정을 여러분께 되짚어 말씀드렸습니다. 저는 그 점을 강조하고 싶습니다. 왜냐하면 이 사건은 평범한 살인이나, 정상을 참작해 관대하게 처벌할 수 있는 무의식적인 행위가 아니기 때문입니다. 이 사람은, 여러분, 이 사람은 영리합니다. 여러분도 이 사람이 진술하는 것을 듣지 않았습니까? 그는 대답할 줄을 압니다. 단어들의 의미를 잘 알고 있는 거죠. 따라서 자신이 어떤 행동을 하는지 모르고 했다고는 생각할 수 없습니다."

나는 듣고 있다가 그가 나를 영리하다고 판단한 말이 귀에 들어왔다. 하지만 보통 사람에겐 장점이 되는 것들이 어째서 죄인에게는 불리한 조건들이 되는지를 난 이해할 수 없었다. 아무튼 그 말은 나를 놀라게 만들었고, 검사가 다음과 같이 말하는 게 내 귀에 들리기 전까진 더 이상 그의 말을 듣지 않았다. "그가 뉘우침을 비친 적이라도 있습니까? 전혀 없었습니다, 여러분. 예심이 진행되는 동안 단 한 번도 이 사람은 자신의 가증스러운 범죄에 대해 동요를 나타낸 적이 없었습니다." 동시에 그는 내게로 돌아서서 손가락으로 나를 가리키며 계속해서 비난을 했는데, 사실 나는 그가 왜 그러는지 잘 이해할 수 없었다. 물론 나는 그가 한 말이 맞다는 것을 부정할 수는 없었다. 나는 나의 행동에 대해 별로 후회하지 않았다. 그러나 그토록 격렬하게 흥분하는 것은 이상했다. 나는 그에게 정중하게, 거의 애정을 가지고, 난 정말로 뭔가를 절대 후회할 수가 없었다고 설명해주고 싶었다. 나는 항상 오늘이나 내일, 앞으로 다가올 일에 정신이 팔려 있었다. 그러나 당연히, 내가 처해 있는 이 상황에서는 누구에게도 이런 식으로 말할 수 없었다. 난 다정한 모습을 보여주거나 호의를 가질 권리도 없었다. 그리고 검사가 내 영혼에 대해 말하기 시작했기 때문에 나는 또다시 그의 말을 들어보려고 했다.

그는, 나는 그의 영혼을 들여다보았지만 아무것도 찾지 못했습니다, 배심원 여러분, 하고 말했다. 그는, 진실로 말하면, 내게는 아예 영혼이라는 것이 없으며, 인간적인 면이 전혀 없고, 인간의 마음을 지켜주는 도덕적 원칙 하나도 찾아볼 수 없다는 것이었다. 그러면서 덧붙여 말했다. "물론, 우리가 이 점에 대해 그를 비난할 수는 없을 것입니다. 그가 획득할 수 없는 것을 갖추지 못하고 있다고 해서 한탄할 수도 없습니다. 그러나 이 법정에서만큼은, 관용이라는 완전히 부정적인 미덕이, 더 어렵고 더 고귀한 미덕인 정의와 바뀌어야 합니다. 이 사람에게서 우리가 발견하는 그러한 마음의 공허감이 사회를 집어삼키는 심연이 될 경우는 특히 더 그렇습니다." 그리고 바로 이어서 그는 엄마에 대한 나의 태도에 대해 논고하기 시작했다. 그는 심리 중에 했던 말을 되풀이했다. 그 말은 나의 범죄에 대해 말했던 것보다 훨씬 더 길어서, 결국 나는 오전의 열기밖에는 아무것도 느끼지 못했다. 최소한, 차장 검사가 말을 멈춘 순간까지 그랬다. 그는 잠깐 침묵한 뒤, 매우 자신 있고 낮은 목소리로 말을 이어갔다. "여러분, 내일은 이 법정에서 바로 범죄 중에서도 가장 가증스러운 범죄인 부친살해사건을 재판할 것입니다." 그의 말에 의하면, 그 잔혹한 범죄는 상상조차 할 수 없는 것이었다. 그는 감히 인간 사회의 정의가 가차없이 처벌을 내리기를 희망했다. 그리고 이 범죄가 그에게 불러일으키는 공포도, 나의 냉담함 앞에서 느끼는 공포보다는 결코 크지 않다고 말하는 걸 주저하지 않았다. 계속해서 그의 말에 의하면, 도덕적으로 자신의 어머니를 살해한 인간은 자기 손으로 직접 자신에게 생명을 준 사람을 살해한 인간과 똑같이 인간 사회에서 스스로를 제거한다. 아무튼, 첫 번째 행동이 두 번째 행동을 준비하고, 첫 번째가 이를테면 두 번째 행동을 예고하며, 첫 번째가 두 번째를 정당화시키는 것이다. "저는 그걸 확신합니다, 여러분." 그는 목소리를 높여 계속 말했다. "여러분들은 제가 만약, 저 의자에 앉아 있는 사람이 내

일 이 법정에서 재판받게 될 부친 살해범과 마찬가지의 범죄인라고 말하더라도 제 판단이 너무 지나치다고 생각지는 않을 것입니다. 결국 그는 처벌을 받아야 합니다." 그때, 검사는 땀으로 번들거리는 얼굴을 닦았다. 그러고는 마침내 자신의 책무는 무척 고통스러운 것이지만 그것을 단호하게 완수할 것이라고 말했다. 그는 내가 사회의 가장 근본적인 법규들을 무시했기 때문에 결국 사회와 아무런 관련이 없으며, 인간의 마음의 기본적인 반응에도 무심하기 때문에 인정에 호소할 수도 없다고 말했다. "저는 이 사람에 대해 사형을 요구합니다." 그가 말했다. "그리고 사형을 요구하는 제 마음은 무겁지 않습니다. 왜냐하면 저는 오랜 재직 기간 중 이미 여러 번 사형을 요구한 적이 있었지만 오늘만큼 이 고통스러운 임무가 마땅하고, 형평에 맞으며, 명백하게 느껴진 적이 없기 때문입니다. 저는 이 명령이 절대적이고 성스러운 것으로 자각하고 있으며, 괴물 같은 것밖에 읽히지 않는 이 사람의 얼굴에서 저는 공포를 느끼고 있습니다."

검사가 다시 자리에 앉자 한동안 침묵이 이어졌다. 나는 더위와 놀라움으로 좀 어지러웠다. 재판장이 기침을 약간 하면서 아주 낮은 목소리로, 더 할 말이 아무것도 없느냐고 내게 물었다. 나는 뭔가 말하고 싶어서 자리에서 일어나, 그저 생각나는 대로, 그 아랍인을 죽일 의도는 없었다고 말했다. 그러자 재판장은, 그건 하나의 주장이며, 지금까지 자기는 나의 변호 시스템을 잘 파악하지 못했으므로, 내 변호사의 변론을 듣기 전에 내가 그런 행동을 하게 되었던 동기를 명확히 설명해주면 좋겠다고 말했다. 나는 약간 허둥거리며, 그리고 바보 같은 짓인 줄 알면서도, 그건 태양 때문이었다고, 얼른 말했다. 법정 안에 웃음소리가 일어났다. 내 변호사는 어깨를 으쓱하고 추켜올렸다. 재판장이 곧바로 그에게 발언하라고 했다. 하지만 그는, 시간이 늦었고 자신의 변론은 몇 시간이 걸릴 것이므로, 오후로 연기해달라고 요청했다. 법정은 그에 동의를 했다.

오후에도 여전히 큰 선풍기들이 방 안의 후덥지근한 공기를 휘젓고 돌았으며, 배심원들은 색색가지 작은 부채들을 모두 같은 방향으로 흔들고 있었다. 내 변호사의 논고는 결코 끝날 것 같지 않았다. 그러다 한순간, 그의 말에 귀를 기울였는데, 이렇게 말하고 있었다. "내가 죽인 게 맞습니다." 이어서 그는 계속 같은 어조로, 나에 대해 이야기할 때마다 '내가' 라고 말하고 있었다. 나는 무척 놀랐다. 그래서 경관에게 몸을 기울여, 왜 그런 것인지를 물어보았다. 그는 나에게 조용히 하라고 말하고는, 잠시 후 설명해주었다. "변호사들은 모두 그렇게 말하죠." 나는 그렇게 말하는 것이 나를 내 사건에서 더 제외시키고, 나를 제로로 만들어버리며, 어떤 의미에선 그가 나 자신으로 대체되고 있다는 생각이 들었다. 그러나 나는 이미 이 법정에서 아주 멀리 떨어져 있었던 것 같다. 더구나 내 변호사도 우스꽝스러워 보였다. 그는 내가 저지른 도발에 대해 재빨리 변론하고는, 그 역시 내 영혼에 대해 말하기 시작했다. 그의 말솜씨는 검사보다 훨씬 못한 것 같았다. "저 또한 이 영혼을 들여다보았습니다. 그런데 검찰청의 탁월하신 대리인과는 반대로, 저는 무언가를 발견했습니다. 그리고 거기서 분명하게 읽었다고 말씀드릴 수 있습니다." 하고 그가 말했다. 그는 내 영혼에서, 내가 선한 사람이며, 고용된 회사에서 꾸준하고 근면하며 충실한 근로자였고, 모든 사람에게서 호감을 받았으며, 타인의 불행을 동정하는 마음을 읽었다는 것이었다. 그가 보기에 나는 할 수 있는 한 오랫동안 어머니를 부양했던 모범적인 아들이었다. 결국 나는 내 능력으로는 어머니에게 마련

해줄 수 없었던 안락함을 양로원이 제공해주리라고 희망했었다. 그가 덧붙여 말했다. "여러분, 이 양로원을 둘러싸고 그렇게나 많은 말들이 오갔던 것에 대해 저는 놀랐습니다. 왜냐하면 결국, 이런 시설들의 유용성과 중요성을 증명해야 한다면, 그곳들을 지원하는 것은 바로 국가 자체라는 것을 정말 말해야 할 것입니다." 다만 그는 장례식에 대해서는 말하지 않았는데, 나는 그 점이 그의 변론에서 부족한 부분이라고 느꼈다. 그러나 이 모든 긴 문장들, 나의 영혼에 대해 말했던 이 모든 나날들과 이 끝없는 시간들 때문에, 나는 모든 것이 색깔 없는 물처럼 된 것 같은 인상을 받았고, 그 속에서 현기증을 느꼈다.

마침내 기억나는 거라곤, 변호사가 계속 변론을 하고 있는 동안, 길에서 불어대는 아이스크림 장사의 나팔 소리가 재판소의 여러 방들과 법정 안의 공간을 가로질러 나에게까지 들려왔던 것뿐이다. 더 이상 내 것일 수는 없는 삶이지만, 거기서 가장 사소하고도 가장 끈끈한 즐거움들을 발견하곤 했던 추억들이 나를 엄습해왔다. 그건 여름의 향기들, 내가 좋아했던 거리, 어떤 저녁 하늘, 마리의 웃음과 옷들이었다. 이곳에서 내가 하고 있는 모든 부질없는 것들이 그 순간 내 목까지 치밀어올랐고, 나는 어서 빨리 모든 것을 끝내고 내 감방으로 돌아가서 자고 싶은 생각밖엔 없었다. 내 변호사가 말을 끝맺으며 외치는 소리가 간신히 들렸는데, 배심원들은 잠깐 길을 잃었던 한 성실한 근로자를 죽음으로 보내고 싶지는 않을 거라고 했다. 그리고 난 이미 저지른 죄에 대해 가장 확실한 형벌로서 영원한 양심의 가책을 지고 있으니, 정상을 참작해 달라고 요청했다. 법정은 심문을 중단했고, 내 변호사는 기진한 얼굴로 자리에 앉았다. 그의 동료들이 다가와 그와 악수를 나눴다. "자네, 훌륭했어." 하고 말하는 소리가 들렸다. 그들 중 한 사람이 나에게 "그렇죠?" 하며 나를 증인으로 삼기도 했다. 나는 동의하긴 했지만, 그저 한 말일 뿐 본심은 아니었다. 난 너무 피곤했던 것이다.

밖은 날이 저물고 있어서 더위도 한결 힘을 잃고 있었다. 나는 길에서 들려오는 소리들을 듣고서 저녁의 평온함을 짐작할 수 있었다. 우리는 모두 거기서 기다리고 있었다. 우리가 함께 기다렸던 것은 나와 관련된 것뿐이었다. 나는 다시 법정 안을 둘러보았다. 모든 것은 첫날과 똑같은 상태로 있었다. 나는 회색 재킷을 입고 있는 그 기자와 꼭두각시 여자의 시선과 마주쳤다. 그제야 나는 재판 과정 내내 마리를 찾으려고 눈길을 돌리지 않았다는 것에 생각이 미쳤다. 내가 그녀를 잊고 있었던 건 아니고, 할 일이 너무 많았었다. 셀레스트와 레몽 사이에 그녀가 있는 게 보였다. 그녀는 "마침내." 라고 말하는 것 같은 작은 손짓을 했다. 그녀는 조금 걱정스런 얼굴로 미소를 짓고 있었다. 그러나 내 마음이 닫혀 있어서 그녀의 미소에 응답조차 할 수 없었다.

재판이 재개되었다. 배심원들에게 일련의 질문들이 신속하게 낭독되었다. '살인죄'… '사전계획'… '정상 참작'… 등의 단어가 내 귀에 들렸다. 배심원들이 나갔고, 나는 전에 대기했었던 그 작은 방으로 끌려갔다. 내 변호사가 나를 만나러 들어왔다. 그는 무척이나 수다스럽게, 한 번도 드러내지 않았던 자신감과 다정함을 담아 내게 말했다. 그는 모든 것이 잘 될 것이며, 내가 몇 년 간의 금고형이나 징역형에 처해질 거라고 생각했다. 나는 그에게 만약 판결을 받아들일 수 없을 경우 그것을 파기할 수도 있느냐고 물어보았다. 그는 그럴 수 없다고 했다. 배심원들의 심기를 거스르지 않기 위해 법률적 주장을 제기하지 않은 것이 그의 전략이었다는 것이다. 그는 아무 이유 없이 그렇게 판결을 파기하지는 않는다고 설명해주었다. 그의 논리가 명백해 보여서 나는 수긍을 했다. 사태를 냉정히 고찰해보면, 그건 지극히 자연스런 일이었다. 반대의 경우가 된다면, 쓸모없는 서류들이 너무 많아질 것이다. "어쨌든 항소가 있긴 한데, 난 결과가 좋을 거라고 확신하고 있어요." 내 변호사가 말했다.

우리는 무척 오랫동안 기다렸는데, 거의 45분쯤 지난 것 같았다. 마침내 종이 울렸다. 내 변호사가 나에게 "이제 배심원 대표가 답변을 낭독할 겁니다. 당신은 판결이 선고될 시점에나 들여보내질 거예요." 하고 말하면서 먼저 나갔다. 문들이 쾅 하고 닫혔다. 사람들이 계단을 뛰어다녔는데, 그들이 가까이 있는지 멀리 있는지 알 수가 없었다. 이어서 법정 안에서 무언가를 읽는 소리가 어렴풋이 들려왔다. 벨 소리가 다시 울리자, 피고석의 문이 열렸고, 장내의 침묵이 내가 있는 곳으로 올라왔다. 그 침묵과, 그 젊은 기자가 눈길을 돌리는 것을 확인했을 때 나는 이상한 느낌이 들었다. 나는 마리가 있는 쪽을 쳐다보지 않았다. 그럴 여유가 없었다. 재판장이 나에게 이상한 형식의 말투로, 프랑스 국민의 이름으로 공공 광장에서 내 목이 잘릴 거라고, 말했기 때문이다. 그 순간 나는 모든 사람들의 얼굴에 나타난 감정을 알아차렸던 것 같다. 그것은 배려 같은 것이었다고 나는 확신한다. 헌병들은 나에게 매우 친절하게 대했고, 변호사는 내 손목을 잡았다. 나는 더 이상 아무것도 생각하지 않았다. 그러나 재판장은 나에게 더 할 말이 없느냐고 물었다. 나는 잠시 생각하고, 말했다. "없습니다." 나는 다시 끌려 나갔다.

V

세 번째로, 나는 교도소 부속 사제의 접견을 거절했다. 그에
게 말할 게 아무것도 없고, 말하고 싶지도 않다. 그래도 조만
간 그를 보게 될 것이다. 요즘 내가 관심을 갖고 있는 것은, 기
계적인 것에서 벗어나는 일과, 피할 수 없는 이곳에서 나갈 길
이 있을지를 알아보는 일이다. 내 감방이 바뀌었다. 이곳에서
는 누워 있으면 하늘이 보이고, 그것밖엔 아무것도 보이지 않
는다. 낮과 밤이 바뀔 때마다 변해가는 하늘의 색깔을 바라보
며 하루하루가 지나가고 있다. 나는 두 손을 머리 밑으로 괴
고 누워서 기다린다. 이 무자비한 기계적인 일상을 벗어나 처
형 직전에 사라져버렸거나, 경찰의 경계망을 끊어버렸던 사형

수들이 혹시 있었을까를, 나는 얼마나 수없이 자문해보았는지 모르겠다. 그래서 난 사형 집행에 관한 이야기에 약간의 주의도 기울이지 않았던 나 자신을 책망했다. 그런 문제들엔 항상 관심을 가져야 한다. 무슨 일이 벌어질지 결코 알 수 없는 것이다. 모든 사람들처럼 나도 신문기사들을 읽었다. 한 번도 찾아보려는 호기심은 없었지만 전문서적들이 분명 있었을 것이다. 거기서 어쩌면 탈출에 대한 이야기를 발견했을지도 모른다. 그래서 적어도 한 번은 운명의 바퀴가 멈췄다는 것을, 그리고 도저히 억누를 수 없는 사전계획을 통해 단 한 번이라도 우연과 행운이 무언가를 바꿔놓았다는 것을 알아냈을지도 모른다. 단 한 번이라도! 어쩌면 내게는 그것으로도 충분했을 것 같다. 그 나머지는 내 마음이 채웠을 것이다. 신문들은 흔히 사회에 의한 부채에 대해 떠들어댄다. 그들의 주장에 의하면, 그 빚은 반드시 갚아야 한다. 하지만 그런 주장은 내 상상력에 아무런 호소도 하지 못한다. 중요한 것은, 탈출의 가능성과, 무자비한 처형을 피하는 것, 모든 희망의 기회를 제공해줄 쏜살같은 도주였다. 물론, 그 희망은, 힘껏 달리다가 날아오는 총탄을 맞고 길모퉁이에서 쓰러지는 것으로 끝날 테지만. 그러나 아무리 곰곰이 생각해봐도, 나에게 이 호사스런 사치를 허락해주는 것은 아무것도 없었다. 나에겐 모든 상상이 금지되었고, 기계적인 일상이 다시 나를 사로잡았다.

아무리 좋게 봐주려 해도, 나는 이렇게 터무니없는 확실성은 받아들일 수 없었다. 왜냐하면 결국, 선고가 내려졌던 순간부터, 이 확실성의 기초가 되었던 판결과 그 냉정한 진행 사이에는, 정말 어처구니없는 불균형이 있었기 때문이다. 판결문이 오후 5시가 아니라 오후 8시에 낭독됐었다는 사실, 그것이 완전히 달라질 수도 있었다는 사실, 그것이 속옷을 갈아입는 사람들에 의해 내려졌다는 사실, 또한 그것이 프랑스 국민(또는 독일 국민이나 중국 국민)이라고 하는 불분명한 관념에 의해 언도되었다는 사실, 이 모든 것들 때문에 그러한 결정엔 진지함이 상당히 결여된 것 같았다. 그럼에도 불구하고 나는 선고가 내려진 순간부터, 그 선고의 효력은 내가 몸을 짓누르던 긴 벽의 존재만큼이나 확실하고 준엄한 것이 되었음을 인정해야만 했다.

그 즈음 나는 엄마가 아버지에 대해 들려주었던 이야기 하나가 떠올랐다. 나는 아버지를 알지 못했다. 그 사람에 대해 내가 정확히 아는 것이라곤, 어쩌면 그때 엄마가 얘기해줬던 그것밖에 없다. 아버지는 한 살인범의 사형 집행을 보러 갔다. 그는 거기에 간다는 생각에 몸이 안 좋았다. 그럼에도 그는 보러 갔고, 돌아오는 길엔 아침에 먹은 것을 토해버렸다는 것이다. 당시 나는 아버지를 좀 싫어했다. 이제는 그게 당연했다는 걸 이해하고 있다. 어떻게 나는 사형 집행보다 더 중대한 일은 아무것도 없다는 것을, 요컨대 사람들에게 정말로 흥미를 주는 유일한 일이라는 것을 지금까지 모르고 있었을까! 만약 내가 이 감옥에서 나가게 된다면 나는 모든 사형 집행을 보러 갈 것이다. 내가 이런 가능성을 생각해본 것도 잘못한 것이었다. 왜냐하면 어느 날 새벽에 경찰의 경계망 뒤에서, 말하자면 반대쪽에서, 자유롭게 있는 나 자신을 발견할 수 있다는 생각만 해도, 그리고 사형 집행을 보러 갔다가 구토를 하는 구경꾼이 된다는 생각만 해도, 독기에 찬 쾌감의 물결이 심장으로 솟구쳐 올랐기 때문이다. 그러나 그건 이성적이지 못한 생각이었다. 이런 추측에 끌려가도록 내버려두는 건 잘못이었다. 왜냐하면 잠시 후 나는 끔찍하게 추워서 이불 밑으로 들어가 웅크려야 했기 때문이다. 그리고 이를 부딪치며 덜덜 떨었다.

하지만 물론, 사람이 언제나 이성적일 수는 없다. 예를 들어, 언젠가 나는 법률 초안을 작성해보았다. 형법을 고쳤는데, 내가 주목했던 요지는 사형수에게 기회를 주는 것이었다. 천 번에 단 한 번이라도, 여러 가지 일들을 해결하는 데는 그걸로 충분했다. 따라서 수형자(나는 수형자라는 말이 옳다고 생각한다)들이 그 약을 먹으면 열 명 중 아홉 명은 죽게 되는 화학 약품을 발견할 수 있을 것 같았다. 수형자는 그것이 조건이었다는 것을 알게 될 것이다. 왜냐하면 아무리 생각을 거듭하고 상황들을 깊이 숙고해봐도, 단두대에는 문제점이 있다는 걸 확인했는데, 그건 단두대가 어떠한 기회도, 절대 어떠한 기회도 허용하지 않는다는 것이었다. 요컨대, 단 한 번으로, 수형자의 죽음은 결정되고 마는 것이다. 사건은 이미 정리되고, 확정된 조치가 되며, 이미 합의된 것이므로 돌이킬 수도 없게 된다. 만약 어쩌다가 단두대가 목을 베지 못하면, 다시 시작한다. 따라서, 애석한 점은, 단두대가 잘 작동하기를 사형수는 바라야만 한다는 것이다. 그것이 바로 내가 말하는 단두대의 결점이다. 어떤 의미에서 그건 사실이다. 그러나 또 다른 의미에서, 난 바로 그 점에 훌륭한 조직의 모든 비밀이 있다는 것을 인정해야 했다. 요컨대, 사형수는 자신의 사형 집행에 정신적으로 협조해야만 했다. 모든 일이 순조롭게 진행되는 것이 그에게는 이득인 셈이다.

나는 또한 지금까지 그런 문제들에 관해 정확하지 않은 생각을 갖고 있었다는 걸 인정해야만 했다. 오랫동안 나는 — 왜 그랬는지는 모르지만 — 단두대에 이르려면 계단을 하나씩 밟고 처형대 위로 올라가야 한다고 믿고 있었다. 1789년의 혁명 때문인 것 같은데, 말하자면 그 문제에 관해 사람들이 나에게 가르쳐주고 알게 한 모든 것들 때문이었던 것 같다. 그런데 어느 날 아침, 대대적으로 알려졌던 어느 사형 집행에 관한 사진 한 장이 신문에 실렸던 것이 기억났다. 사실, 그 기계는 땅바닥에 그냥, 세상에서 가장 단순하게, 놓여 있었다. 기계는 내가 생각했던 것보다 훨씬 더 좁았다. 내가 더 일찍 그걸 생각해내지 못했다는 게 참 우스웠다. 사진 속 그 기계는 정교하게 제작되어 있고, 완벽하며, 번쩍거리는 외양을 하고 있어서 내게 강한 인상을 주었었다. 사람들은 잘 모르는 것에 대해서는 언제나 지나친 상상을 하게 된다. 그와 반대로 나는 모든 것이 단순하다는 것을 인정해야만 했다. 이를테면 단두대는 그것을 향해 걸어가는 사람과 같은 높이에 설치되어 있다. 수형자는 어떤 사람을 만나러 걸어가는 것처럼 단두대와 맞닥뜨리게 된다. 그것 또한 참 서글픈 일이었다. 처형대를 향해 올라가는 것은, 하늘 한가운데로 오르는 거라고, 상상력은 거기에 걸릴 수도 있었다. 반면에, 기계적인 일은 거기서 또다시 모든 것을 짓눌러버린다. 다시 말해, 사람들은 약간의 수치심과 많은 정확성을 가지고 조용히 죽임을 당하는 것이다.

또 내가 항상 생각하는 두 가지가 있었다. 그건 새벽과 나의 항소였다. 그렇지만 나는 정신을 가다듬으며, 더 이상 그걸 생각하지 않으려고 애를 썼다. 누워서 하늘을 쳐다보며, 거기에 흥미를 가지려고 노력했다. 하늘이 초록색으로 되었고, 저녁이었다. 나는 생각의 방향을 돌려보려고 또다시 애를 썼다. 나는 내 심장에 귀를 기울였다. 그토록 오래전부터 나와 함께하고 있는 이 소리가 영원히 중단될 수 있다는 것은 상상할 수 없었다. 나는 한 번도 진정으로 상상을 해본 적이 없었다. 그래도 나는 이 심장 박동이 더 이상 계속되지 않게 될 어떤 순간을 머릿속에 그려보려고 애를 썼다. 그러나 소용이 없었다. 새벽 또는 나의 항소가 여전히 남아 있기 때문이다. 마침

내 나는 스스로를 억압하지 않는 것이 가장 현명한 방법이라는 생각을 하게 되었다.

　새벽에 그들이 온다는 걸, 나는 알고 있었다. 결국, 나는 그 새벽을 기다리며 매일 밤을 보내고 있었다. 깜짝 놀라게 되는 걸 나는 결코 좋아하지 않았다. 내게 무슨 일이 닥칠 때는, 그 현장에 있는 게 더 낫다. 그래서 결국 난 낮에 잠깐 자는 것밖엔 더 이상 자지 않게 되었다. 그리고 밤 내내, 인내심을 가지고 하늘로 난 창문 위로 새벽빛이 터오기를 기다렸다. 가장 괴로운 것은, 그들이 보통 일을 집행하는 시간이 내가 알기로 불분명하다는 사실이었다. 자정이 지나자, 나는 기다리며 동정을 살폈다. 내 귀가 일찍이 그렇게나 많은 소리를 감지하며, 그렇게 미세한 소리까지 분간해낸 적은 결코 없었다. 게다가 어떤 면에서는, 이 모든 기간 동안 내가 참 운이 좋았다고 말할 수 있는데, 누가 다가오는 발소리를 한 번도 들은 적이 없었기 때문이다. 엄마가 자주 말했는데, 사람이 전적으로 불행해지는 법은 결코 없다는 것이었다. 나는 감옥 안에서, 하늘이 새벽빛으로 물들고, 새로운 하루가 내 감방 안으로 미끄러져 들어올 때면, 그 말에 동의를 하곤 했다. 왜냐하면 내가 발걸음

소리를 들을 수도 있었을 것이고, 그러면 또한 내 심장은 터져 버릴 수도 있었을 것이기 때문이다. 미끄러지는 소리가 희미하게 들리기만 해도 나는 문으로 달려들었고, 나무판에 귀를 딱 붙이고 나 자신의 숨소리가 들리는 순간까지 미친 듯이 기다리다가, 내 숨이 거칠어지며 마치 개가 헐떡거리는 소리처럼 들려 오싹해지곤 했지만, 그래도 내 심장은 터지지 않았고, 나는 또다시 스물네 시간을 벌 수 있었다.

낮에는 내내 항소에 대해 생각했다. 나는 그 생각을 하면서 최선의 해결책을 얻었던 것 같다. 나는 효과를 계산해보고, 심사숙고를 하면서 최상의 결과를 얻었다. 그러면서도 언제나 최악의 가정을 해보았는데, 그것은 곧 내 항소가 기각되는 것이었다. "그럼, 나는 결국 죽을 것이다." 다른 사람들보다 더 일찍, 그건 분명했다. 그러나 인생이 살 만한 가치가 없다는 것은 누구나 다 알고 있다. 사실, 서른 살에 죽든 일흔 살에 죽든, 중요하지 않다는 걸 나도 모르는 건 아니다. 왜냐하면, 당연히 두 가지 이유에서, 즉 다른 남자들과 다른 여자들이 계속 살아갈 것이고, 그건 앞으로도 수천 년 동안이나 이어질 것이기 때문이다. 요컨대 그보다 더 명백한 것은 아무것도 없

다. 지금이든 혹은 20년 후든, 내가 죽을 거라는 건 달라지지
않는다. 그때 나의 추론을 좀 방해했던 것은, 다가올 20년의
삶에 대해 생각하자 내 속에서 뭔가가 끔찍하게 튀어올랐던
것이다. 하지만 그래도 내가 20년 후 같은 상황에 이르게 된다
면, 그때는 내 생각이 어떠할지를 상상하면서 그걸 억누를 수
밖에 없었다. 죽는 순간은 그게 언제든, 어떻게든, 중요하지 않
고, 명백한 것이다. 따라서(그리고 문제는 이 '따라서'가 추론에
서 가리키는 모든 관점을 놓치지 않도록 하는 것이다), 따라서
나는 내 항소가 기각되는 것을 받아들여야 했다.

　　그때, 그때서야, 말하자면 나는 권리가 있었는데, 일테면 그
두 번째 가설에 접근하는 것을 나 자신에게 허락했던 것이다.
그건 바로 내가 사면되는 것이었다. 그런데 곤란한 건, 엄청난
기쁨으로 인해 두 눈을 찌르는 피와 육체의 흥분을 가라앉혀
야 했다는 것이었다. 나는 이 기쁨을 누그러뜨리고, 그걸 깊이
생각해보기 위해 전념해야 했다. 첫 번째 가설에서 나온 나의
체념이 더 그럴듯해지려면 이번 가설에서도 난 태연해야 했다.
그 일을 성공적으로 해낼 때는, 한 시간의 평온을 얻을 수 있
었다. 그것만 해도 어쨌든, 상당한 것이었다.

그 즈음, 나는 교도소 부속 사제의 접견을 다시 한번 거절했다. 나는 누워서 하늘이 황금빛으로 물드는 것을 보며 여름 저녁이 가까워진 것을 알아챘다. 나는 이제 막 항소를 포기했고, 몸속에서 혈액의 파동이 규칙적으로 순환하는 것을 느낄 수 있었다. 나는 신부를 만나고 싶지 않았다. 정말 오랜만에, 나는 마리를 생각했다. 그녀는 오래전부터 나에게 더 이상 편지를 쓰지 않았다. 그날 저녁, 나는 곰곰이 생각해보다가 아마도 그녀가 사형수의 애인으로 지내는 것에도 이제는 지쳤을 거라는 생각이 들었다. 어쩌면 그녀가 아프거나 죽었는지도 모른다는 생각도 떠올랐다. 그건 자연스런 일이었다. 이제 떨어져 있는 우리의 두 몸 사이에 우리를 이어주거나 서로를 떠올리게 하는 것이 아무것도 없는데, 내가 어떻게 그걸 알 수 있겠는가. 아무튼 그때부터, 마리에 대한 추억은 아무래도 상관없었다. 그녀가 죽었다 해도, 난 더 이상 그녀에게 관심이 없었다. 난 그게 당연하다고 생각했는데, 내가 죽은 후엔 사람들이 나를 잊으리라는 것을 너무나 잘 이해하고 있었기 때문이다. 그들은 더 이상 나와 아무런 관련도 없었다. 난 그런 걸 생각하는 게 괴롭다는 말조차 할 수 없었다.

신부가 들어온 것은 바로 그때였다. 그를 봤을 때, 나는 약간 몸을 떨었다. 그는 그것을 알아채고는 나에게 두려워하지 말라고 말했다. 나는 그에게, 평소에는 다른 시간에 왔다는 것을 얘기해주었다. 그는 우정의 방문일 뿐이라고 대답하며, 내 항소와는 아무런 관련이 없고, 그것에 대해 아무것도 모른다고 했다. 그는 내 작은 침대에 앉고는, 나더러 자기 옆에 와서 앉으라고 권했다. 나는 거절했다. 그래도 그의 표정은 매우 온화했다.

그는 잠시 앉아 있었는데, 두 팔뚝을 무릎 위에 올려놓고, 머리를 숙인 채, 자신의 손을 내려다보고 있었다. 그의 손은 가늘고 힘줄이 드러나 있어서, 두 마리의 민첩한 동물을 연상시켰다. 그는 두 손을 맞대고 천천히 문질렀다. 그런 다음에도 계속 고개를 숙인 채, 상당히 오랫동안 그렇게 앉아 있어서, 나는 한순간 그가 있다는 걸 잊어버렸던 것 같다.

그러다 갑자기 그가 머리를 들고 나를 똑바로 쳐다보았다. "왜 나의 면회를 거절하시는 거죠?" 그가 말했다. 나는 신을 믿지 않는다고 대답했다. 그는 내가 정말로 그렇게 확신하는지 알고 싶어 했고, 나는 그걸 자문할 필요가 없다고 말했다.

그건 나에겐 중요하지 않은 문제로 보였다. 그러자 그는 뒤로 돌아서서 벽에 등을 대고는 두 손을 허벅지 위에 놓았다. 그는 나에게 말을 한다는 기색도 거의 없이, 사람은 가끔 자신이 확신한다고 믿고 있지만 실제로는 그렇지 않다고 지적했다. 나는 아무 대꾸도 하지 않았다. 그는 나를 처다보며 질문했다. "어떻게 생각하나요?" 나는 그럴 수 있다고 대답했다. 아무튼, 나는 실제로 무엇이 나의 관심을 끄는지에 대해서는 아마도 확실하지 않았지만, 무엇이 나의 관심을 끌지 않는지에 대해서는 지극히 확실했다. 그가 나에게 말하고 있는 바로 이것이야말로 나의 관심을 끌지 않는 것이었다.

그는 시선을 돌리고, 여전히 같은 자세를 유지한 채, 내게 너무 절망해서 그렇게 말하는 게 아니냐고 물었다. 나는 절망하지 않았다고 그에게 설명했다. 나는 다만 두려웠고, 그건 정말 당연한 일이었다. "그래서 하느님께서 당신을 도와주실 겁니다." 하고 그가 말했다. "당신과 같은 상황에 있던, 내가 아는 모든 사람들은 하느님께로 돌아갔습니다." 그건 그들의 권리라는 걸 나는 인정했다. 그건 또한 그들에게는 그럴 시간이 있었다는 걸 증명하는 것이었다. 나로서는 누구의 도움도 받고 싶지 않았다. 그리고 나의 흥미를 끌지 못하는 것에 관심을 가질 시간이 바로 내게는 없었다.

그때, 그의 두 손이 짜증스런 동작을 해 보였다. 하지만 몸을 다시 세우며 사제복의 주름을 매만졌다. 그러고는 나에게 '이 사람아' 하고 부르며 말을 건넸다. 그가 나에게 그렇게 말하는 건 내가 사형수이기 때문이 아니라, 우리 모두가 사형수이기 때문이라는 것이었다. 난 그의 말을 가로막으며, 그건 같은 게 아니고, 더구나 어떤 경우에도 그건 위로가 될 수 없다고 말했다. "물론이죠." 그가 인정했다. "하지만 당신이 오늘 죽지 않는다 해도 나중에는 죽게 돼요. 따라서 같은 질문이 제기될 겁니다. 어떻게 당신은 이 무서운 시련을 마주할 겁니까?" 나는 지금 마주하고 있는 꼭 이대로 맞을 거라고 대답했다.

그는 내 말에 일어서더니 내 눈을 똑바로 쳐다보았다. 그것은 내가 잘 알고 있는 놀이였다. 나는 엠마뉘엘이나 셀레스트와 함께 자주 그걸 즐겼는데, 대개는 그들이 먼저 눈을 돌려버렸다. 신부 역시 그 놀이를 잘 알고 있다는 걸 난 곧바로 알아차렸다. 그의 시선은 흔들리지 않았다. 목소리 또한 흔들리지 않으며 그가 말했다. "그러니까 당신은 아무 희망도 없이, 온통 죽을 거라는 생각으로 사는 겁니까?" "네." 하고 내가 대답했다.

그러자 그는 고개를 숙이고 다시 자리에 앉았다. 그는 나를 불쌍히 여긴다고 말했다. 인간으로서 이건 견딜 수 없는 일이라고 그는 판단했다. 나는 그가 귀찮아지기 시작하는 걸 느낄 뿐이었다. 그래서 돌아서서 천창 아래로 갔다. 그리고 벽에 어깨를 기대고 섰다. 그의 말을 들으려 하지 않았는데도 그가 다시 내게 질문하는 소리가 들렸다. 그는 불안하고 간절한 목소리로 말을 하고 있었다. 나는 그가 흥분했다는 걸 알아차리고는 그의 말에 좀 더 귀를 기울였다.

그는 내 항소는 받아들여지겠지만, 내가 죄의 짐을 지고 있으므로 그것을 벗어버려야 한다는 자신의 신념을 얘기했다. 그에 따르면, 인간적 정의는 아무것도 아니고, 하느님의 정의만이 모든 것이었다. 나에게 선고를 내린 것은 인간적 정의였다고 나는 지적했다. 그는 그렇다고 해서 정의가 나의 죄를 씻어낸 것은 아니라고 대답했다. 나는 그에게 죄가 무엇인지 모르겠다고 말했다. 사람들은 내가 죄인이라는 것만 가르쳐주었다. 나는 죄인이고, 대가를 치르고 있으므로, 더 이상 내게 아무엇도 요구할 수 없다. 그때 신부가 다시 일어났는데, 이렇게 좁은 감방 안에서, 만약 그가 움직이려 한다면, 선택의 여지가 없다는 생각이 들었다. 앉거나 일어서야만 했다.

나는 바닥만 쳐다보고 있었다. 그가 내게로 한 걸음을 내딛고는 멈춰 섰다. 마치 더 다가올 용기가 없다는 듯이. 그리고는 창살 너머로 하늘을 바라보았다. "형제님, 당신이 틀렸어요." 그가 내게 말했다. "당신에게 그 이상을 요구할 수도 있을 거예요. 어쩌면 그걸 요구할 것입니다." "그게 뭔데요?" "당신에게 보도록 요구할 수 있을 겁니다." "무엇을 보는데요?"

신부는 주위를 한 번 둘러보고는 갑자기 아주 지친 목소리로 대답했다. "여기 있는 모든 돌들이 고통의 땀을 흘리고 있어요. 내가 알죠. 나는 그 돌들을 바라볼 때마다 괴로움을 느끼지 않은 적이 없습니다. 당신들 중 가장 비참했던 사람도 자신들의 어둠에서 신의 얼굴이 드러나는 걸 보았다는 것을, 난 가슴 깊이 알고 있지요. 당신이 보았으면 하는 것도 바로 이 얼굴입니다."

나는 좀 흥분했다. 몇 달 전부터 나는 이 담벼락을 쳐다보고 있다고 말했다. 이 세상에서 내가 이보다 더 잘 아는 것은,

아무것도 없고, 그 누구도 아니다. 어쩌면 아주 오래전에, 나는 여기서 어떤 얼굴을 찾고 있었다. 그 얼굴은 태양의 빛깔과 욕망의 불길을 띠고 있었다. 그건 마리의 얼굴이었다. 나는 그걸 헛되이 찾고 있었던 것이다. 이제는, 끝났다. 그리고 어쨌든, 나는 돌의 땀에서 어떠한 것도 솟아오르는 걸 본 적이 없었다.

신부는 슬픈 것 같은 표정으로 나를 바라보았다. 이제 나는 벽에 등을 완전히 기대고 있었고, 햇빛이 내 이마 위로 흘러내리고 있었다. 그가 몇 마디 했지만 들리지 않았다. 그는 나를 껴안아도 되겠느냐고 빠른 말투로 물었다. "아니요." 내가 대답했다. 그는 돌아서서 벽 쪽으로 걸어가 손으로 벽을 천천히 문지르고는 "그래, 당신은 이 땅을 그렇게도 사랑합니까?" 하고 중얼거리듯 물었다. 나는 아무 대답도 하지 않았다.

그는 돌아선 채 한참을 그대로 있었다. 그가 감방 안에 있다는 사실이 나를 짓누르고 짜증나게 했다. 그에게 나가달라고, 나를 내버려두라고, 말하려고 했다. 그때 갑자기 그가 나를 향해 돌아서면서 벼락같이 외쳤다. "아니요, 나는 당신을 믿을 수가 없어요. 당신도 다른 삶을 바란 적이 있었을 거라고 나는 확신해요." 나는 그에게, 물론 그렇다고 하면서, 하지만 그건 부자가 된다거나, 헤엄을 더 빨리 친다거나, 또는 더 멋진 입 모양을 갖게 되기를 바라는 것보다 더 중요한 것은 아니라고 대답했다. 그건 마찬가지였다. 그러자 그는 내 말을 가로막고는, 내가 생각하는 다른 삶은 어떤 것인지를 알고 싶어 했다. 그래서 그에게 소리쳤다. "지금 이 삶을 추억할 수 있는 삶이죠." 그리고 곧바로, 이제 그런 이야기는 지겹다고 말해버렸다. 그가 또다시 하느님에 대해 말하고 싶어 하기에 내가 그에게로 다가가, 나에게는 시간이 조금밖에 남아 있지 않다는 것을 마지막으로 설명하려 했다. 나는 하느님 때문에 시간을 잃고 싶지 않았다. 그는 화제를 바꾸려고 애쓰며, 나더러 왜 자기를 '신부님'(mon père)이라고 부르지 않고 '선생님'이라고 부르냐고 물었다. 나는 그 말에 짜증이 나서, 당신은 내 아버지 (프랑스어에서는 신부mon père와 아버지mon père의 호칭이 같다 —역자 주)가 아니라고 대답했다. 그는 다른 사람들에게 신부일 뿐이었다.

"아니에요, 형제님." 그가 내 어깨에 손을 올리며 말했다. "나는 당신과 함께 있어요. 그런데 당신은 그걸 알 수가 없죠. 마음이 닫혀 있으니까요. 당신을 위해 기도하겠습니다."

그때, 왠지는 모르지만, 내 안에서 뭔가가 폭발해버리고 말았다. 나는 목청껏 소리 지르기 시작했고, 그에게 욕을 퍼부으며, 기도하지 말라고 말했다. 그러고는 그의 사제복 깃을 움켜잡았다. 기쁨과 분노가 뒤섞여 치솟으며, 내 가슴속의 모든 것을 그에게 쏟아부었다. 그는 너무나 확신하고 있는 표정이 아니었던가? 하지만 그의 확신은 여자의 머리카락만 한 가치도 없었다. 그는 살아 있다는 확신조차 없었다. 죽은 사람처럼 살고 있기 때문이다. 나로 말하면, 내가 빈털터리처럼 보일지 몰라도, 나 자신에 대한 확신이 있고, 모든 것에 대해서도 확신이 있었다. 신부보다 더 강하게 말이다. 그리고 내 삶과 다가올 죽음에 대해서도 나는 확신하고 있었다. 그렇다, 내겐 그것밖에 없었다. 그러나 적어도, 이 진실이 나를 붙잡고 있는 것만큼이나, 나도 진실을 붙잡고 있었다. 내 생각이 옳았고, 또 옳았고, 언제나 옳았다. 그런 식으로 나는 살았지만 또 다른 방식으로 살 수도 있었을 것이다. 나는 이것을 했고, 저것은 하지 않았다. 나는 어떤 것은 하지 않았으나 다른 것은 했다. 그래서? 나는 이 모든 시간 동안 나의 정당함이 증명될 이 순간과 새벽을 기다려왔던 것 같다. 아무것도, 아무것도 중요한 건 없고, 나는 그 이유를 잘 알고 있다. 신부 역시 이유를 알고 있다. 내가 이 모든 부조리한 삶을 끌고 오는 동안, 내 미래의 심연에서는 아직 다가오지 않은 수년의 세월을 가로질러, 한 줄기 어두운 바람이 나를 향해 올라오고 있었던 것이다. 그 바람은, 내가 살고 있는 것보다 더 사실적이지 않았던 세월 속에서 당시 나에게 주어졌던 모든 것을, 똑같은 것으로 만들면서 나를 통과하고 있었다. 타인의 죽음이나 어머니의 사랑이 나와 무슨 상관인가. 그의 하느님, 우리가 선택하는 삶, 우리가 정하는 운명은 나와 아무런 상관도 없다. 단 하나의 운명만이 나 자신을 선택하고, 신부가 나를 부르는 것처럼, 형제라고 불리는 수많은 특별한 사람들을 선택하는 것이다. 그가 이해를 할까, 그가 도대체 이해할 수 있을까? 모든 사람들은 특권을 가지고 있다는 것을. 특권을 가진 사람들밖엔 없다는 것을. 다른 사람들 역시 언젠가는 선고를 받을 것이다. 신부도 마찬가지로 선고받을 것이다. 살인범으로 기소된 자가 어머니의 장례식에서 울지 않았다는 이유로 사형이 집행된다 한들 무슨 상관이란 말인가? 살라마노의 개는 그의 아내만큼이나 가치가 있다. 그 작은 꼭두각시 여자도 마송과 결혼한 그 파리 여자나 내가 결혼해주기를 원했던 마리와 마찬가지로 역시 죄인이다. 레몽이 그보다 훨씬 나은 셀레스트만큼이나 역시 내 친구였다는 것이 무슨 상관이란 말인가? 마리가 요즘 다른 뫼르소에게 자신의 입술을 내주었다고 한들 무슨 상관인가? 그러니 그가 이 사형수를 이해할 수 있을까, 나의 미래의 심연에서부터……. 나는 이 모든 것을 소리쳐 말하다가 숨이 막혀왔다. 신부는 이미 내 손에서 떼어져 있었고, 간수들이 나를 위협했다. 하지만 신부는 그들을 진정시키고는 조용히 나를 쳐다보았다. 그의 눈에 눈물이 가득 고여 있었다. 잠시 후 그는 돌아서서 나가버렸다.

그가 떠난 후, 나는 평온을 되찾았다. 나는 기진맥진해서 침대에 몸을 던졌다. 잠이 들었던 것 같다. 깨어났을 때 얼굴 위로 별들이 보였기 때문이다. 들판의 소리들이 내가 있는 곳까지 들려왔다. 밤과 흙과 소금 냄새들이 머리를 시원하게 해주었다. 잠에 빠진 여름의 놀라운 평화가 밀물처럼 몰려들었다. 그때, 밤이 끝날 때, 사이렌 소리가 울려 퍼졌다. 사이렌은 이제 나와는 영원히 무관한 세상을 향한 출발을 예고했다. 참으로 오랜만에, 나는 엄마를 생각했다. 나는 엄마가 왜 인생 말년에 '약혼자'를 갖게 되었는지, 왜 새로 시작해보려고 했는지 이해할 수 있을 것 같았다. 거기, 거기서도, 생명들이 꺼져가는 그 양로원에서도, 저녁은 서글픈 휴식 같은 것이었다. 죽음에 가까이 이르렀을 때, 엄마는 해방감을 느끼며 모든 것을 다시 살아볼 준비가 되었던 것 같다. 누구도, 그 누구도 그녀에 대해 울 권리는 없다. 그리고 나 또한, 모든 것을 다시 살아볼 준비가 되었음을 느꼈다. 마치 이 거대한 분노가 내게서 악을 쫓아내고 희망을 없애준 것처럼, 표적들과 별들이 가득한 밤하늘을 바라보며, 나는 처음으로 세상의 부드러운 무관심에 눈을 떴다. 세상이 나와 너무나 닮아 있고, 너무나 다정하다는 것을 마침내 확인하며, 나는 행복했고, 여전히 행복하다는 것을 느꼈다. 모든 것이 완수되기 위해서, 그리고 내가 외로움을 덜 느끼도록, 나에게 남아 있는 마지막 희망은 내가 처형되는 날 많은 구경꾼들이 와서 증오의 함성으로 나를 맞아주었으면 하는 것이다.

알베르 카뮈 그리고 《이방인》에 대하여

20여 년 만에《이방인》을 다시 읽으며, 난 이 작품이 노벨문학상 작품들 중에서도 왜 그토록 오랫동안 많이 읽히고 있는지를 이제야 이해하게 되었다. 그래서 한마디로, '내 평생 가장 감동적으로 읽은 노벨문학상 수상작' 이라는 평가를 자신 있게 고백하게 되었다. '가장…' 이라니! 그렇다. 이 소설이 나온 후로도 수많은 노벨문학상 작품이 있지만, 유독《이방인》은 예나 지금이나 내 독서 목록엔 첫 번째로 꼽히고 있다.

이 감동의 울림은 한마디로 표현하기 힘들다. 더 자세히 말하면, '감동'이라는 단어보다는 '내적인 울림'이라고 해야겠다. 이 내적인 울림은 복잡하고, 그래서 어떤 표현으로도 다 설명하기가 어렵다. 《이방인》엔 수많은 의미가 녹아 있기 때문이다. 휴머니즘, 정의, 불안, 절망, 신에 대한 믿음, 부조리….

수십 년 간 수도 없이 많은 해설과 평가가 있어왔으므로 새삼스레 무언가를 더 덧붙여 말한다는 것은 앵무새처럼 떠벌리는 일에 불과할지도 모른다. 그리고 자칫하면 오해를 전달할 수도 있는 위험이 있다. 따라서 가장 중요한 점은, 각자가 이 작품을 읽고 스스로 평가하며 이해하는 것이다. 그 모든 해설에 기댈 필요가 없는 것이다. 온전한 자기 것으로 이해하고 소화해내기 위해서는 오히려 다른 사람들의 해설을 읽지 않는 것이 좋다. 적어도, 작품에 앞서 읽는 것은 피해야 한다고 나는 생각한다.

"책에만 매달리는 평범한 철학자와 독자적 사고를 하는 사람과의 관계는 마치 역사 연구가와 (어떤 사실을 직접 목격하는) 목격자의 관계와 같다."

쇼펜하우어는 이렇게 말하며, 심지어 너무 많은 독서를 하지 말고 스스로 독자적인 사고를 해야 한다고 강조했다. 독서를 하는 것은 다른 사람들이 나를 대신해 생각해주기 때문이라는 것이다. 이런저런 정보들과 해석들을 잔뜩 읽고 지혜나 지식을 얻었다고 자부하는 것은 여행 안내서를 읽고 어떤 나라에 대해 잘 알고 있다고 착각하는 것이나 다름없다고 그는 말하기도 했다.

우리가 무엇보다 주의해야 할 점은 이런 자부심과 착각에서 벗어나는 것, 아니 애초에 그런 것을 피해야 하는 것이 아닐까. 독창성, 창의성은 말 그대로 누가 가르쳐줄 수 있는 것이 아니라, 스스로만이 획득할 수 있는 것이고, 자신만이 지니고 있는 특징이다. 갈수록 어마어마하게 중요해지고 있는 창의성이라는 덕목을 키우고 심각하게 바라보기 위해서는, 독자적으로 사고하는 것, 이것보다 더 중요한 미덕은 없을 것 같다.

"세상이라는 책을 읽어라." (쇼펜하우어)

내 독서 세계에서 이보다 더 충격적인 말은 별로 없었던 것 같다. 어렵지도 않고, 새삼스러울 것도 없는 말이지만, 난 이 말에서 깊은 의미와 긴장감을 느꼈다. 자신의 독창성에 몰입하는 것, 더욱이 그것에 자부심을 갖는다는 것, 그것만큼 더 부러운 것은 세상에 없을 것이다. 하지만 더 절망적인 것은, 그런 천재들이 세상엔 너무나 많고 계속 진화하고 있다는 점이다.

바로 그들이 위의 모든 말들을 반박하고 뒤집는 자들이다. 그들이 바로, 새로운 빛을 던져주며 독서와 해석의 역사를 진전시키는 자들인 것이다. 우리의 확신을 의심하게 되고, 자부심에 부끄러움을 느끼며, 우리의 한계에 절망하게 되는 건, 바로 그들 때문이다. 그렇다면 어떻게 해야 하는가. 무엇을 할 수 있고, 어떻게 하는 것이 최선이란 말인가. 신중하게 하는 것, 《이방인》의 작가와도 무척이나 닮아있는, 신중한 선택과 접근이 아닐까 싶다.

카뮈의 삶은 '그리 될 수밖에 없었던' 신중한 태도와 행동이었지만, 우리는 여기서 의도적인 신중함을 가지고 선택하며 접근해, 천재들의 노고를 존중하면서 거기서 영감을 얻어, 알베르 카뮈의 세계를 알아보는 수밖에 없다.

프랑스에서 공부할 때 가장 놀랐던 점은, 끝없이 연구하고 새롭게 해석하려는 그들의 노력과 자세였다. 그건 학문 분야뿐 아니라, 역사와 문화, 모든 분야에 걸쳐 있었다. 그들은 무엇이든 '영원한' 것으로 만들 줄 아는 특별한 재주가 있어 보였다. 물건도 먼지를 털어내고 닦으면 반짝반짝한 본래의 모습을 드러내듯이, 그들은 정신의 산물을 끝도 없이 어루만지며 광택을 내고 그 가치를 높일 줄 알았다. '이런 게 바로 선진문화구나! 그래서 이토록 잘 보존되고, 자부심을 갖고, 발전하는구나!' 이런 생각은 한 번도 내 머릿속을 떠나지 않으며, 한없는 부러움과 경탄을 품게 만들었다.

그러니, 1960년에 세상을 떠난 알베르 카뮈에 대해 얼마나 많은 연구가 있었을지는 자료를 찾아보지 않고도 충분히 짐작이 간다. 더욱이 그는 노벨문학상을 받은 작가였고, 그것도 프랑스에서는 최연소의 나이로 수상했으며, 죽음조차도 충격을 주었던 사람이 아니었던가. 2013년은 그가 탄생한 지 100년이 된 해이기도 했다. 프랑스에서는 100주년을 기념해 또다시 수많은 강연과 연구서들이 나왔다.

그럼에도 불구하고, 우리는 신중하게 접근해 도움을 줄 사람을 찾아봐야 한다. 카뮈와 연관 지어 가장 먼저 떠오르는 사람, 어쩌면 가장 중요한 사람 중 하나는 장 그르니에일 것이다. 그를 빼고는 카뮈에 대해 다 말할 수 없을 테니까. 카뮈를 읽은 사람이라면 누구나 알고 있는, 카뮈의 고등학교 시절 철학교사였던 그르니에는 소설가이며 에세이스트로서, 당연히 카뮈에 대한 글을 남겼다. 그는 카뮈를 누구보다 오랫동안 알고 지냈으며, 신중한 기질마저 닮았고, 카뮈에 대해 무척이나 객관적으로 묘사하고자 노력했던 만큼, 적어도 그가 쓴 글이라면 한번쯤 참고해봐도 좋을 것 같다.

카뮈는 자신의 작품에 관한 뛰어난 평론가들의 분석에 감탄하고 인정하면서도 천성적으로는 그러한 것을 좋아할 수가 없었던 모양이다. 다시 말해, 작품을 '샅샅이 파헤치고 분해하는' 그러한 방법 자체에 대해서는 언제나 유보적인 태도를 취했던 것 같다. 장 폴 사르트르가 《이방인》에 대한 통찰력 넘치는 평론을 발표했을 때도, 그는 비평이 어디까지나 게임의 규칙에 속한다는 점을 지적했다고 한다. 복잡한 실타래처럼 얽혀 있는 인간의 심리를 분석한다는 것은 애당초 용이한 일이 아님을 강조한 말일 터이다. 그러한 일은 어쩌면 인간에게 맡겨진 본분이 아니라는 점을 얘기하고자 했을 것이다. 예술작품이란 어느 정도는 그 자체로 하나의 고독하고 미스터리한 존재가 될 때도 있을 테니 말이다.

《이방인》은 어떤 작품인가

우선, 이 작품이 출간된 건, 그의 나이 29세 때였다. 따라서 한창 젊은 시절, 지성의 에너지보다는 내면에 꿈틀대고 있는 야성의 외침에 더 귀를 기울일 나이에 쓰어졌다고 할 수 있다. 다만 그 야성의 외침을 카뮈는 이 작품에서 더 생생하고 세련되게, 그리고 지적으로 변모시킬 수 있었다. 젊은 지성엔 분명 자기 확신과 비장함이 있기 마련이다. 그래서인지 이 작품은 어떤 거부할 수 없는 힘이 느껴진다. 그 외침이 바로 내 귀에 들리는 것 같기 때문인지도 모른다. 감방에서 뫼르소가 외치는 그 절규 때문이 아니라 하더라도, 그냥 듣고 지나칠 수 없는, 그래서 발걸음을 멈추게 하는 수많은 외침들이 들리는 듯하다.

저항, 세상에 대한 절망, 무관심, 기계적 사고방식에 대한 거부, 인간의 유죄 등등.

카뮈의 젊은 시절은, 당시 삶의 근간을 흔들었던 알제리 독립 운동과 스페인의 프랑코 독재체제(카뮈는 스페인 혈통이 섞여 있으며, 스페인 문제에 매우 민감했다), 1, 2차 세계대전, 그리고 공산주의의 지배적 활동 등으로 자연히 어지러운 때였다. 게다가 개인적으로도 가난과 병, 불안감이 항상 도사리고 있는 환경에서 태어나고 성장했다. 따라서 사회를 향한 어떤 반항심과 적대감을 갖게 되는 건 어쩌면 당연한 일이었다.

장 그르니에는 "알베르 카뮈는 모든 사회 운동의 리더였다."고 말하며, 그의 정치적 활동은 결국 운명적인 것으로 봐야 한다고 했다. 다행히도 그는, 거친 야성의 혁명가로만 남지 않고, 천성으로 타고난 섬세함과 고귀함에 대한 욕망을 분출시키는 예술가의 길을 걸어갔다.

그는 애초부터 규율 따위를 지키고 싶은 청년이 아니었다. 영혼의 시선은 본래 다른 곳을 향하고 있었다. 타고난 환경은 누추하지만 자존감과 까다로움, 갈망은 언제나 깊이 고려되어야만 하는 것이었다. 그는 불안의 감정을 숨기지 않았고, 가슴이 받아들일 수 없는 것은 적극적으로 거부했다. 그럴 때 더욱 큰 자기 확신과 에너지가 솟구쳐 올랐다.

영웅적 행위, 이 말은 자칫하면 섣부른 충동이라든지 자기도취로 들릴 수도 있다. 그러나 카뮈가 이 단어를 깊이 인식했을 때는 물론 그 의미가 완전히 달라진다. 바닷가에서 뫼르소가 아랍인에게 총을 쏘았던 그 행위에서 영웅적 행위를 떠올릴 수 있다. 뫼르소는 그 행위에 대해 아무런 변명도 하지 않았고, 어떠한 보상을 원한 것도 아니었다. 그러한 인간적 행위, 그건 곧 어떤 위대함에 대한 고귀한 행위를 의미했다. 거기서 휴머니즘과 정의에 대한 호소, 영혼의 신성함 등을 생각해볼 수 있다. 행동과 실천을 중요하게 여긴 카뮈는, 심지어 '생각이란 행동 이후에 떠올라야 하는 것'이라고도 말했다.

그가 아무리 정치적으로 중요한 역할을 맡고 활동했다고 해도,

그에게 삶 자체보다 더 중요한 건 없었던 것 같다. 무엇보다 인간에 대해 얘기하고자 했고, 인간성에 기대어 희망을 호소했다. 자신의 어떤 정치 입장에 대해 비난하는 사람에게 그는 이렇게 말했다고 한다. "나는 정의를 위해 싸웁니다. 그러나 정의와 내 어머니 중 한쪽을 선택해야 한다면, 나는 어머니를 선택합니다."

부조리한 세상에 대한 고발, 기계적 사고방식에 대한 거부, 이러한 주제는 작품 전체에 걸쳐 깊은 뉘앙스(그러나 명료하게 나타나는)를 던지고 있다. "결국 피고인은 어머니를 매장한 것으로 기소된 것입니까? 살인으로 기소된 것입니까?" 변호사가 법정에서 외치는 이 발언은 한 마디로 그 모든 것을 대변하고 있다고 볼 수 있다. 보통 사람에게는 장점이 되는 것들이 죄인에게는 모두 불리한 조건으로만 평가되고 있다고, 뫼르소는 분명하게 말하고 있다. 어머니의 장례식에서 울지 않았고, 커피를 마시며, 담배를 피우고, 장례식 후 영화관에 가고, 여자친구와 사랑을 한 행위, 그 모든 평범한 일상에 대해 유죄를 선고하고 있기 때문이다.

인생과 사회에 의해 고발당한 주인공의 절망감과 허무함을 그려냄과 동시에, 전통적인 가치관과 감정에 대한 반박을 무관심이라는 태도를 통해 이야기하고 있기도 하다. 판에 박은 사고방식과 행위에 대해 주인공은 아무런 흥미가 없고, 이해하고자 하지도 않는다. 직장에서의 승진에도, 결혼에도 별 관심이 없다. 재판 과정에서는 마치 남의 일을 구경하듯 모든 것을 우스꽝스럽게 느끼며 무관심한 태도를 보인다. 그는 항의하지도, 방어하지도 않으며 판결을 기다리는 것이다. 부속사제의 방문마저 거절하는 그는 신에 의지하고자 하지도 않는다. 장 그르니에의 말대로 "신에 대한 자신의 감정을 설명할 필요가 없고, 신을 신뢰할 필요마저 없었던" 것이다. 심지어 그는 자신이 저지른 살인에 대해서도 사회가 그렇게 간주하는 것일 뿐이라고 여기며, 자신은 별로 죄의식을 느끼지 않는다.

고독한 존재로서, 철저히 외면당한 이방인으로서, 그는 오히려 침묵을 통해 세상에 외치고 있는 것 같다. 그러나 그 힘은 폭발적이고 끝내 함성으로 울리고 있다. 부속사제의 말대로 중요한 건 하늘의 심판이라고 한다면, 적어도 인간은 그런 심판을 할 수가 없는 것이다! '삶 자체가 별로 의미가 없으며 매일 속옷을 갈아입는' 인간에 의해 부조리한 심판을 받는다는 것이 바로 문제이기 때문이다.

태양과 바다는 카뮈의 작품에 자주 등장하는 중요한 모티브이다. 아랍인이 겨누는 칼날에 햇빛이 부딪쳐 번쩍거리며 눈을 찌를 듯이 앞이 보이지 않는 그 순간, 뫼르소는 총을 발사했다. 그러나 '피고가 완전히 배제된' 법정에서, 더욱이나 어머니의 죽음에 눈물을 흘리지 않은 '도덕적 살인자'로서 그의 말은 중얼거림에 불과했다. 다그치는 심문에 지친 주인공의 입에서 나온 단어는 그저 '태양 때문'이었다. 감방에서 그의 눈앞에 떠오른 건 태양의 색깔처럼 붉은 바닷가였다. 그건 곧 살인과 연관되어 있음을 나타내는 대목이다.

뫼르소는 부조리에 눈을 뜨며 세상의 허무함을 경험하지만, 그러나 작가는 주인공을 그대로 절망 속에 내던져 버리지는 않는다. 사형 집행을 기다리는 뫼르소는 창밖으로 보이는 풍경에서 평화와 행복을 느끼며, 모든 것을 다시 살아볼 준비가 되어 있음을 느끼는 것이다.

알베르 카뮈의 삶과 작품

1913년, 알제리의 몽도비에서 노동자 출신의 아버지와 스페인계 어머니 사이에서 둘째 아들로 태어났다. 태어난 다음 해에 아버지가 마른느 전투에서 전사하자, 어머니는 두 아이를 데리고 빈민가로 이사해 어려운 살림을 꾸려가게 되었다.

1918년, 초등학교에 들어가 교사 루이 제르맹을 만났고, 그에게서 많은 가르침과 도움을 받게 되는데, 카뮈가 고등학교에 장학생으로 들어갈 수 있도록 도와준 사람도 바로 루이 제르맹이었다. 먼 훗날, 노벨문학상을 받게 되었을 때, 수상 연설을 루이 제르맹에게 헌정했다.

청소년 시절엔 스포츠를 무척 좋아해 축구와 권투 등에 열중했지만 결핵 증세가 나타나면서 모든 걸 중단하고, 건강을 위해 집을 떠나, 푸줏간을 운영했던 볼테르주의자 삼촌 집에 잠시 머물게 되었다.

1930년, 고등학교 철학반에서 그의 인생에 큰 영향을 끼친 장 그르니에 교수를 만나게 되었다. 그르니에는 카뮈가 대학에 가서 계속 철학을 공부할 수 있도록 도움을 주었으며, 나중에 카뮈가 문학 활동을 하는 중에도 조언과 격려로 큰 힘이 되어 주었다. 두 사람은 평생에 걸쳐 서로의 일에 대한 대화를 이어가며, 공동의 취미 활동, 특히 축구에 대한 열정을 함께 나눴다.

1930년대 청년 시절엔 앙드레 지드, 몽테를랑, 앙드레 말로의 작품들과 프랑스 고전문학을 가까이 했다. 특히 앙드레 지드를 좋아했는데, 그의 《일기 Journal》를 무척 인간적이라고 생각했다. 지드 또한 훗날 젊은 작가 중 사르트르와 카뮈를 좋아했는데, 결국 두 사람은 유명한 작가가 되었다. 나중에 카뮈는 지드와 함께 잠시 살게 된다.

이 시기에 알제리의 젊은 좌파 지식인들 사이에서 서서히 이름을 부각시키게 된다. 1933년 히틀러가 집권하자 앙리 바르뷔스와 로맹 롤랑이 주도하는 레지스탕스 운동에 가담해 활동했다.

20세에 시몬 이에와 첫 결혼을 했지만 오래가지 못하고 2년 만에 헤어졌다.

1934년엔 알제리 공산당에 가입해 짧은 기간 동안 활동하기도 했다. 1936년에 알제 대학 철학과를 마치며, 헬레니즘과 그리스도교 사상의 관계를 다룬 논문으로 수료증을 얻었다. 그 후 교수 자격 시험을 준비하려 했으나 결핵이 재발해 포기하고, 알프스 지방으로 요양을 떠났다.

그때부터 여행의 매력에 눈을 뜨며 처음으로 이탈리아 곳곳을 여행했다. 젊은 시절의 그에게 이탈리아는 큰 충격을 줄 만큼 매혹적이었고, 예술이 무엇인지를 일깨워준 곳이 되었다. 또한 처음으로 글을 쓸 수 있겠다는 생각을 하며, 역사나 교양 분야만이 아니라 특히 자기 자신에 관해서 쓰겠다는 생각을 하게 되었다. 물론 그 전에도 베르그손이나 철학 일반에 대해 쓰곤 했으며, 이미 개성적인 문체를 드러내기 시작했다. 당시는 낭만주의 물결이 고독과 죽음, 절망 등 영원불멸의 주제들을 되살려내고 있을 때였다.

첫 에세이 《안과 겉 *L'Envers et l'endroit*》을 1937년에 발표했다. 이 작품엔 자연히 어린 시절의 암울하고 가난한 생활과 가족들의 모습이 주로 묘사되어 있다. 학생시절 내내 장학금을 신청하거나 아르바이트를 하며 스스로 학비를 벌어야 했기 때문에, 자동차 부속품 장사를 하기도 했고, 잠시 시청 직원으로 일한 적도 있었다. 그리고 벨아베스에서 교사 자리를 맡기도 했는데, 뜻에 맞지 않아 곧 그만두었다.

절망한 인간에게 위안을 주는 진리들, 절대에 대한 갈증, 인간성의 강조, 그런 영역들을 탐구하며, '부정'과 '반항'의 정신에서 '긍정'과 '희망의 호소'를 지향하는 정신으로 자신을 이끌어가려는 생각을 했다.

두 번째 에세이 《결혼 Noces》이 1939년에 출간되었는데, 거기엔 알제리의 시골마을에 대한 서정적 명상과 아름다운 자연 풍경에 대한 찬미가 담겨 있다. 그리고 자연의 아름다움이야말로 가난한 사람들도 누릴 수 있는 풍요로움이라는 것을 언급하고 있다. 또한 삶과 죽음 사이에 존재할 뿐인 인간의 왜소함과 물질세계의 영속성을 대비시켜 보여주고 있다.

노동자 계급 사람들에게 보여주기 위한 목적으로 '노동극단'을 조직해, 직접 각본을 쓰고 연출과 연기를 맡아 했다. 나중엔 '작업반 극단'으로 이름을 바꿔 연극에 대한 열정을 계속 이어갔다.

제2차 세계대전이 일어나기 전에, 진보적 신문인 〈알제 레퓌블리캥〉에서 2년 간 기자로 일했다. 당시 알제리의 정치사건 재판에 대해 많은 관심을 기울이며, 희곡 〈칼리귈라〉를 썼다. 그리고 장 폴 사르트르의 몇몇 작품에 대해 서평을 썼으며, 카비아 지역 이슬람교도들이 처한 상황을 분석한 논설을 쓰기도 했다. 이 논설들은 그 후 1954년에 알제리 전쟁을 불러일으켰던 수많은 불공평 처사에 대한 관심을 일찌감치 촉구했던 것으로 평가받았다.

카뮈의 정치적 입장은 이데올로기를 중시하기보다는 인도주의적 관점에 서 있었기 때문에, 공산당의 체제가 변질되어가는 모습에서 환멸을 느껴 입당 후 얼마 안 가 탈당했으며, 프랑스의 부당한 식민정책을 비난하면서도 알제리에서 프랑스가 맡게 될 역할에 대해서는 인정하는 입장을 취했다.

제2차 세계대전 동안 프랑스가 독일에 점령당해 있었던 시기부터 해방 직후까지 언론인으로서 큰 활동을 했다. 〈파리 수와르〉 신문의 기자를 거쳐, 레지스탕스 조직의 기관지였다가 나중에 파리에서 일간지로 발간된 〈콩바 Combat〉의 편집장을 맡게 되었다. 그러나 모든 정치 활동은 확고한 도덕적 신념에 기초해야 한다는 입장을 분명히 하며 독자적인 길을 걸어가게 되었다. 결국 1947년엔 〈콩바〉와도 관계를 끊었다.

1940년 12월, 프랑신과 두 번째 결혼을 했다. 1940년에 들어서면서 카뮈는 본격적으로 문학 활동을 하며 프랑스 문단에서 주목받는 작가로 활동하게 된다. 소설 《이방인 L'Etranger》은 전쟁 전부터 쓰기 시작해 1942년에 발표했는데, 전통적 사회 관념에 따르기를 거부한 한 '정신적 감정적' 이방인을 통해 사회의 부조리와 인간의 소외를 그려냄으로써 좋은 반응을 얻었다.

첫 평론집 《시지프의 신화 Le Mythe de Sisyphe》 또한 같은 해에 발표됐는데, 여기서는 당시의 허무주의와 부조리 의식을 더 깊이 분석해냈다. 문제는 그 허무주의를 극복해내는 것이었다.

첫 장편소설 《페스트 *La Peste*》에서 그는 허무주의를 극복하는 방법을 모색해보았다. 오랑이라는 도시에서 전염병과 맞서 싸우는 사람들의 투쟁을 묘사함으로써, 그 과정에서 인간의 존엄성과 우애를 탐구했던 것이다. 1947년에 발표된 이 작품은 결국 주제를 매우 상징적으로 잘 그려냈다는 좋은 평가를 얻게 되었다. 점차로 그는 부조리와 불합리, 절망의 개념에서 도덕적이고 형이상학적인 개념인 저항정신으로 옮아갔다.

글쓰기와 삶이 합일되어 있는 러시아인들에 감탄하며, 특히 문장이 세련된 톨스토이와 도스토옙스키에 매료되었다. 그는 모럴리스트들의 작품을 좋아했고, 자신도 모럴리스트로 간주했다.

두 번째 평론집 《반항하는 인간 *L'Homme révolté*》이 1951년에 출간되어 나왔다. 이 작품에서 카뮈는 반항정신과 정치적 혁명을 대비시킴으로써, 마르크스주의자들과 사르트르를 포함한 수많은 마르크스 이론가들로부터 격렬한 비판을 받았다.

그는 어떤 주의만을 지지하지 않고, 근본적인 진리를 탐구하려는 자세를 늘 견지하고 있었다. 그래서 공산주의에 대해 이렇게 말하기도 했다.

"영적인 활동을 하기 위한 고행으로서, 공산주의를 이해할 수도 있습니다. 영원성의 의미를 되찾으려는 의지로서 말입니다."

그러나 진보를 주장하는 거짓 환상과 노동자 계급의 행복을 목표로 삼는 거짓 합리론, 그런 목적 속에서 계급투쟁과 유물론을 일삼는 공산주의 체제를 결국 인정할 수 없었다.

이런저런 연대 활동을 많이 했음에도 그의 관심사는 언제나 고독한 존재에 관한 것이었다. 어떤 절대적인 것을 상실했을 때의 고독감이라든지 바다와 태양의 묘사를 통한 열정적인 삶을 그려나갔다. 그리고 인간들이 '정의'라고 믿고 그것에 따라 가하는 징벌들에 대해 근본적인 거부감을 표하며, 따라서 그 어떤 죄인도 어느 정도는 결백하다고 주장했다.

이탈리아 여행 이후, 그리스와 이집트, 영국, 북아메리카, 남아메리카 등으로 여행을 하며 강연을 하기도 했다. 강연의 주제는 주로 '소설과 반항', '반항정신' 등이었다. 작가로서 당연히 다양한 사람들과 이국적인 풍경에 흥미를 가지며, 새로운 문학을 시도한 '젊은이'로서 그 나라들에 가게 되었다는 사명감을 느꼈다.

평론 3부작의 마지막인 〈네메시스의 신화〉를 구상했는데, 어떻게 헬레니즘에서 그토록 판이하게 다른 기독교가 출현할 수 있었는지를 주제로 다룰 예정이었다.

《이방인》, 《시지프의 신화》, 《페스트》로 세계적인 명성을 얻고, 마침내 1957년에 노벨문학상을 수상했다. 그 후 활발한 작품 구상을 하던 중 1960년 1월, 47세의 젊은 나이에 자동차 사고로 사망했다.

2014년 9월, 박시운

알베르 카뮈의 작품들

소설

《이방인 *L'étranger*》 1942

《페스트 *La Peste*》 1947

《전락 *La chute*》 1956

《적지와 왕국 *L'exil et le royaume*》 1957

《행복한 죽음 *La mort heureuse*》 1971(1936~1938 집필)

《최초의 인간 *Le premier homme*》 (미완성) 1995

평론집

《시지프의 신화 *Le mythe de Sisyphe*》 1942

《반항하는 인간 *L'homme révolté*》 1951

《시사평론 1 *Actuelles I, Chroniques, 1944~1948*》 1950

《시사평론 2 *Actuelles II, Chroniques, 1948~1953*》 1953

《시사평론 3, 알제리 연대기, *Actuelles III, Chroniques algériennes,*
1939~1958》 1958

희곡

〈아스튀리의 반란 *Revolte dans les Asturies*〉 1936

〈칼리귈라 *Caligula*〉 1938

〈오해 *Le malentendu*〉 1944

〈계엄령 *L'état de siège*〉 1948

〈정의로운 사람들 *Les justes*〉 1949

〈정령 *Les esprits*〉 1953 (삐에르 드 라리베의 원작을 번안)

〈십자가의 예배 *De devotion de la croix*〉 1953 (페드르 칼데론 데
라바르카의 원작을 번안)

〈흥미로운 사건 *Un cas intéressant*〉 1955 (디노 부차티의 원작을
번안)

〈한 수녀를 위한 진혼곡 *Requiem pour une nonne*〉 1956 (윌리엄
포크너의 원작을 번안)

〈올메도의 기사 *Le chevalier d'Olmedo*〉 1957 (로페 데 베가의 원
작을 번안)

〈악령 *Les possédés*〉 1959 (도스토예프스키의 원작을 번안)

에세이

《안과 겉 *L'envers et l'endroit*》 1937

《결혼 *Noces*》 1939

《독일 친구에게 보내는 편지 *Lettres āun ami allemand*》 1948

《여름 *L'été*》 1954

《작가수첩 1 *Les carnets I, 1935~1942*》 1962

《태양의 후예 *La postérité du soleil*》 1965

《작가수첩 2 *Les carnets II, 1943~1951*》 1965

《여행일기 *Journaux de voyage*》 1978

《작가수첩 3 *Les carnets III, 1951~1959*》 1989

알베르 카뮈 연보

1913년 알제리 몽도비에서 뤼시앵 카뮈와 카트린 생테스 부부의
들째 아들로 태어났다.

1914년 세계1차대전이 일어나자 아버지 뤼시엥 카뮈는 징집당해
본토의 전선에 투입되었다가 두 달 만에 사망. 카뮈의 어머
니는 생활고를 해결하기 위해 두 아들을 데리고 친정으로
들어갔고 카뮈 일가는 외할머니와 함께 생활하게 되었다.

1923년 공립학교에서 담임교사인 루이 제르맹의 지도를 받으며
중고등부 장학생 시험 준비를 시작함. 카뮈는 평생 자신
의 재능을 알아보고 격려해준 스승 제르맹의 은혜를 잊
지 않았다.

1924년 그랑 리세에 장학생으로 입학. 이 학교의 축구부에서 활
동했으며 나중에는 스포츠 클럽에서 골키퍼로 활약. 틈
틈이 생활비를 벌기 위해 선박회사에서 아르바이트를 하
기도 함.

1930년 바칼로레아 시험 제1부에 합격하여 철학반으로 진급. 철학
교사 장 그르니에와 만남. 12월에 폐결핵으로 쓰러진 이
후 축구선수로서의 모든 활동을 접는다.

1932년 바칼로레아 시험 제2부 합격. 그랑제콜 입시 준비반 1학년
에 들어감. 잡지 〈쉬드〉에 '세기의 철학'을 비롯해 몇 편의
글을 발표.

1933년 독일에서 히틀러가 정권을 장악하자 반파시스트 운동 조
직인 암스테르담-플레엘에서 활동을 시작함.
6월에 프랑스어 작문에서 1등, 철학에서 2등 상을 수상.
건강 문제로 대학교수의 길, 즉 고등사범학교 입시 준비를
포기하고 알제 문과대학에서 장 그르니에, 르네 푸아리
교수의 강의 수강.

1934년 6월, 시몬 이에와 결혼. 안과의사 딸이었던 시몬은 모르핀
중독자였고 자유분방했다. 카뮈는 가정교사로 일하면서
알제 문과대학에서 철학 강의를 계속 수강했다.

1935년 6월 철학박사 학위 취득. 이때부터 《작가수첩》을 쓰기 시
작함. 장 그르니에의 설득으로 공산당에 입당. 친구들과
함께 '노동극단' 창단. '노동극단'은 이듬해 1월에 말로의
소설을 각색한 〈모멸의 시대〉를 상연한 이후로 사회성 짙
은 작품을 무대에 올리며 꾸준한 활동을 한다.

1936년 5월 논문 '기독교의 형이상학과 신플라톤 철학'으로 철학

고등 디플롬을 받음.

7월 17일 스페인 내전 발발. 아내 시몬과 중부 유럽으로 여행을 떠났던 카뮈는 우편물을 통해 시몬에게 마약을 공급해주는 의사가 그녀의 정부라는 사실을 알고 그녀와 결별.

11월 라디오 알제 극단의 배우로 발탁됨. 배우로서의 예명은 알베르 파르네즈.

1937년 '비올레트 법안(일정한 수의 알제리 회교도들에게 프랑스 시민권을 부여하는 것을 골자로 함)을 지지하는 알제리 지성인 선언'을 기초. 샤를로 출판사에서 《안과 겉》 출간. 8월 재발한 폐결핵 치료를 위해 이탈리아, 스위스 여행.

10월 교사 직을 제안받지만 거절함으로써 '생활의 안정보다 진정한 삶'을 위한 불확실과 가난을 선택. 공산당이 국제적 전략상 반식민주의운동을 우선순위에서 제외하기 시작하자 공산당 탈퇴. '노동극단'을 해체하고 '에키프 극단' 조직. 이 무렵 장차 두 번째 아내가 될 프랑신 포르와 처음 만남.

알제대학 기상연구소 임시 조수로 취업해 1년 간 근무.

1938년 10월, 폐결핵 후유증으로 공직 부적격이라는 신체검사 결과를 통보받고 철학 교수의 길을 완전히 접음. 일간지 《알제 레퀴블리캥》의 기자로 활동하면서 장 폴 사르트르를 비롯한 여러 작가들의 문학작품에 대한 서평들을 싣는다.

1939년 샤를로 출판사에서 산문집 《결혼》 간행. 당국의 검열로 〈알제 레퓌블리캥〉의 발행을 중지하고 〈수와르 레퓌블리캥〉으로 제명을 바꾸어 발행함.

1940년 〈수와르 레퓌블리캥〉이 발행 금지되었고, 카뮈는 파리로 가서 〈파리 수와르〉지의 편집부에서 근무. 독일군이 파리를 점령하자 리옹으로 이주.
시몬과 법적 이혼 수속을 마치고, 12월 3일 리옹에서 프랑신과 결혼. 그해 말 〈파리 수와르〉지의 감원에 따라 카뮈는 해고됨.

1941년 오랑에서 카뮈는 사립학원 강사로, 프랑신은 대리교사로 일함. 《시지프》 탈고.
《이방인》 원고를 장 그르니에, 앙드레 말로 등에게 보냄. 말로는 열광적인 반응을 보임.
갈리마르 출판사가 《이방인》을 출판하기로 결정함.

1942년 폐결핵 재발. 5월에 《이방인》, 10월에 《시지프의 신화》가 갈리마르 출판사에서 출간.

1943년 사르트르와 보부아르 부부를 만남.
플레이아드상 심사위원회에 참가.
11월, 갈리마르 출판사의 출판편집위원에 임명됨.

1944년 비밀 지하신문 〈콩바〉 활동에 적극 가담하여 필명으로 글을 싣기 시작함. 5월, 희곡 〈오해〉 〈칼리귈라〉가 갈리마르

출판사에서 한 권에 편집되어 출간. 7월 〈오해〉가 상연 금
지 처분을 받음. 8월 25일 파리 해방. '윤리적 독립성'을 유
지하기 위하여 전국작가위원회를 탈퇴했지만 지하신문을
벗어난 〈콩바〉지 사설을 통해 부역자의 숙청 필요성을 역
설함. 그러나 원칙적으로 사형을 거부하는 입장은 고수.
9월 5일 쌍둥이 남매 카트린과 장 출생.
〈칼리귈라〉 초연.
10월 갈리마르 출판사의 '희망총서' 편집 책임자가 됨.

1946년 4공화국 헌법 첫 번째 법안을 두고 〈콩바〉지의 내분으로
신문에서 손을 뗌. 미국 뉴욕 등지와 캐나다 퀘백 주로
짧은 여행.
8월, 소설 《페스트》 탈고.

1947년 경영 악화된 〈콩바〉의 운영을 맡았다가 곧 물러남. 오랜
친구이자 동지였던 파스칼 피아와 결별.
6월 갈리마르 출판사에서 《페스트》 출간. 《페스트》는 상
업적으로 성공한 최초의 책으로, 비평가상을 수상함.

1949년 7월 한 달 간 남아메리카의 여러 도시를 돌며 순회 강연.
무리한 일정 등으로 폐가 심각하게 손상됨.
12월 희곡 〈정의의 사람들〉 초연.

1950년 2월, 갈리마르 출판사에서 《정의의 사람들》 출간.
12월, 처음으로 구입한 파리의 아파트에 가족들과 함께 입주.

1951년 갈리마르 출판사에서 《반항하는 인간》 출간.

1952년 스페인 프랑코 정권의 유네스코 가입에 반대하는 서명운
동에 동참했다가 스페인 가입이 허용되자 유네스코 임원
직에서 사임.
장 폴 사르트르와 서면으로 논쟁을 벌이면서 사이가 극
도로 악화됨.

1953년 앙제연극제의 리허설 지휘. 아내 프랑신이 극심한 우울증
에 시달리기 시작함.

1954년 알제의 랑피르 출판사에서 《간부》 출간.
프랑신이 생망데에 있는 요양원에서 우울증 치료.
갈리마르의 에세 총서로 산문집 《여름》 출간.
프랑신의 건강 악화로 가족들과 헤어져 지내다가 9월에
파리의 집으로 돌아옴.
시몬느 보부아르의 소설 《레 망다랭》이 사르트르와 자신
사이의 불화를 다루었다고 생각하여 불쾌하게 여김. 《작
가수첩》에 '실존주의자들이 자신을 비판할 때는 언제나
다른 사람을 위해서라고 확신한다'고 기록하고 이를 소설
《전락》의 주제로 삼는다.

1955년 4월 아테네 강연차 방문한 그리스 여행. 알제리의 독립운
동을 지지하며 신문, 잡지 등에 많은 글을 발표함.

1956년 5월 갈리마르 출판사에서 《전락》 출간.

1957년 소설 《적지와 왕국》 출간.

윌리엄 포크너의 소설을 각색한 〈한 수녀를 위한 진혼곡〉을 직접 연출하여 성공을 거둠.

칼망 레비 출판사에서 그의 글 〈단두대에 대한 성찰〉과 쾨스틀레르의 〈교수대에 대한 성찰〉을 묶어 《사형에 대한 성찰》 출간.

10월 16일 노벨문학상 수상자로 발표됨. 한 작품이 아니라 작품들 전체에 수여하는 것으로 명시. 노벨문학상 최연소 수상(44세)이며, 프랑스 작가로는 아홉 번째 수상. 12월 10일 스톡홀름 시청 홀에서 수상 연설.

1958년 노벨상 수상 연설과 강연을 한 데 모은 《스웨덴 연설》을 갈리마르 출판사에서 출간.

새로운 서문을 추가하여 《안과 겉》 재출간.

'프랑스령 알제리'를 주장하는 사람들과 '알제리 독립'을 주장하는 진영 모두로부터 거리를 두고, 두 공동체 권리를 함께 보호하는 연방국가적 해결책에 매달린다.

1959년 자신이 각색한 도스토옙스키의 〈악령〉을 자신의 연출로 앙투안 극장에서 상연한 이후, 국내 및 국외 순회공연.

1960년 1월 4일 미셸 갈리마르가 운전하는 자동차에 동승했다가 사고로 현장에서 사망. 미셸 갈리마르는 닷새 후 사망. 프랑스 남부 루르마랭 마을의 공동묘지에 안장.